Avertissement !

Certaines scènes peuvent contenir des évènements obscènes ou des mots déplacés. Cette mise en garde avant lecture est obligatoire. La lecture de ce roman est déconseillée aux plus jeunes lecteurs. Avant toute mauvaise interprétation de l'histoire, vous vous apprêtez à lire l'intrigue d'un roman divisé en plusieurs chapitres. Merci pour votre compréhension et bonne expérience.

PROLOGUE

Nous sommes à l'aube du premier jour de l'année 2142. L'ère industrielle moderne c'est arrêtée. Les groupes progressistes et féministes luttant contre le patriarcat pour faire reconnaître le droit des femmes, depuis le début du XXI siècle, se sont imposés sur la scène mondiale. Ces femmes déterminées ont motivé les politiques et la société a changé leur vision de la femme depuis notre société contemporaine. Les années se sont écoulées et les jeunes filles ont pris exemple sur le combat de leurs grands-mères, il est donc devenu commun et fréquent que les femmes montent au pouvoir, et que les tendances professionnelles et sociales s'inversent en faveur de la gent féminine.

Une nouvelle loi, mettant en application la souveraineté des femmes sur les hommes vient d'être votée par quatre-vingt-dix pour cent (90%) des sénatrices siégeant au Conseil

International de la Coalition. Réunissant les sénatrices de différents continents, et de différentes planètes, qu'elles soient terriennes, martiennes ou apollons (habitants de la Lune, une référence aux premières missions spatiales et aux premiers astronautes foulant le sol de la lune en 1969). L'avenir de la femme est grand et non négligeable. Prenant le pouvoir et de la place le rôle de l'homme est remis en question dans cette société futuriste. Seront-ils tous en accord face aux changements sociaux ?

Chapitre 1

SOUMISSION

Miss Wald est présente sur le plateau ce matin, vêtu d'une très belle robe rose et de petit talons haut blanc, elle pose face caméra en attendant que les maquilleurs finissent leur travail. Il est bientôt sept heures du matin, l'heure à laquelle, en ce premier janvier 2142, des millions de téléspectateurs, vont suivre en direct les infos de la matinée sur leur chaîne télévisée préférée.

Les maquilleurs se dépêchent, il va être sept heures. Miss Wald lance ses jolis cheveux d'or ondulés en arrière et envoie son plus beau sourire à la caméra et commence : « Mesdames et messieurs. Nous sommes au petit matin de ce premier jour 2142. Nous venons de tourner une page dans l'histoire de l'humanité, c'est une première après la 3ème révolution américaine qui a placé Kate Mind au pouvoir des États-Unis d'Amérique le 5 juin 2115 et ce jusqu'à sa mort le 25 octobre 2122. Son passage dans l'histoire a bouleversé nos vies et aujourd'hui les femmes sont de plus en plus présentes à la tête de nombreuses puissances mondiales et économiques et ce dans les plus hauts niveaux hiérarchiques. C'est un grand honneur et avec beaucoup de fierté, que je vous annonce que notre régime interplanétaire est enfin contrôlé à cent pour cent par des femmes, voté à la majorité au conseil interplanétaire. », des applaudissements audios sont mis en fond dans le montage pour célébrer l'évènement.

Dans le métro parisien, les gens regardent attentivement les écrans retranscrivant le journal télé, s'ils ne sont pas absorbés sur leur écran de poche à regarder un même de chat (vidéo massivement reprise, déclinée et détournée sur Internet de manière souvent parodique, qui se répand très vite, créant ainsi le buzz). Le journal matinal montre des images du conseil interplanétaire, des votantes mettant leur enveloppe dans les urnes. Les noms des nouvelles gouverneuses interplanétaires s'affichent doucement à l'écran, une par planète donc trois nouvelles gouverneuses qui vont signer un contrat de dix ans de gouvernances à la tête de la plus grande puissance galactique connue à ce jour ; la Coalition. Celle qui va avoir une grande importance dans les décisions d'un maximum de personne se nomme Marlène Lex, gouverneuse de la Terre et des 20 milliards d'êtres humains qui y vivent.

Un invité spécial entre sur le plateau afin de débattre du projet de justice sociale du nouveau gouvernement terrien. Un chercheur en recherche sociale et politique interplanétaire entre sur le plateau :

« Nous connaissons les grands projets de chaque figure politique aujourd'hui voté au gouvernement pour les 10 prochaines années. Bonjour professeur Lemarie, installez-vous. La grande majorité des terriens ont été favorables à l'idée de donner le plein pouvoir aux femmes depuis l'exemplarité des Américains et Américaines. Pensez-vous que Mme Lex arrivera à améliorer la vie des milliards de personnes défavorisées ou oubliées sur Terre ? », Miss Wald qui questionne le professeur à peine installé derrière le comptoir du plateau télé.

« Eh bien Miss Wald, la plupart des pays, que nous connaissons anciennement sous le nom de pays en voie de développement, sont en marge de croire que Mme Lex va pouvoir changer quelque chose à leur vie. Le parti politique de Mme Lex se veut progressif et persévérant, il me semble qu'elle a comme projet de commencer la fabrication de la station spatiale MESP-ONE qui serait placée entre l'orbite terrestre et l'orbite de Mars créant un nouveau couloir marchant pour les terriens les plus défavorisés et pour supprimer une grande partie des petits marchés illégaux que certains pays n'arrivent plus à gérer. Je pense que ce qu'il faut retenir principalement dans le projet c'est la fabrication d'une « nouvelle Terre » de métal et de végétation importés de notre planète mère. La vraie question est : est-ce que ce projet va tenir la route et combien nous en payerons le prix ? Qui finalement aura le droit de monter là-haut ? », répond le professeur à la présentatrice télé.

« Rappelons-nous que le projet initial du MESP-ONE est de créer un hub commercial entre les habitants de la Terre et les habitants de Mars, qui est une planète, je vous le rappelle, contrôlé par des sociétés privées non gouvernementales. », reprend Miss Wald.

« Justement, créer une seconde planète entre les deux profitera toujours à celui qui en a les moyens et non à ceux qui en ont besoin. », rétorque un peu violement le professeur.

Miss Wald interrompt volontairement l'entretien et tourne la page de son scripte, elle enchaîne sur la suite des informations :

« Effectivement, professeur, grâce à ce projet de station spatiale, les nombreuses entreprises participant au projet spatial recrutent énormément dans plusieurs domaines, différents profils dans différents pays du monde.

Forage profond, assemblage sur-mesure, suivez nos journalistes qui sont allés à la rencontre d'ingénieure chez MassSpace, l'entreprise chargée de la construction de la station. ».

La caméra se coupe et laisse place au reportage sur le forage de matière première au plus profond de la Terre pour fabriquer la station LMX-1. Pendant ce temps, la caméragirl tourne la caméra hors du cadrage de Miss Wald. Les maquilleurs courent lui rajouter de la poudre sur les joues pour éviter les lueurs ou trace de sueur lors de la prise de vue, l'un d'eux lui ramène même un cappuccino. Miss Wald se tourne vers le professeur, elle penche doucement sa tête sur le côté et d'un sourire gênant elle fait comprendre à son invité que c'est elle qui lui pose des questions et que le travail de son invité est de lui répondre. Elle lui rappelle qu'il est sur le plateau d'un journal matinal et que l'objectif de l'émission du matin est de restituer des informations et pensées positives dans la tête des auditeurs. Le monde a suffisamment été chamboulé par des malheurs, des échecs et le business de la peur télévisée depuis le début du journalisme deux siècles auparavant. L'émission, sous la demande et la tutelle de Miss Wald, s'est engagée à diminuer la spéculation collective et le négativisme. Elle rabat sa tête, le fixe méchamment et sourit avec gêne jusqu'au retour de la caméragirl. Elle lâche un clin d'œil à sa collègue et se repositionne prête à reprendre l'antenne. Les maquilleurs quittent le plateau. C'est au tour de Miss Wald de reprendre les rênes de ce JT :

« Dans l'actu de la matinée, nous apprenons à l'instant qu'une équipe de scientifiques a enfin réussi à faire pousser un arbre sur le sol lunaire. Il est génétiquement modifié pour survivre aux fortes chaleurs face au soleil et aux très faibles températures du vide spatial. Il est même prévu que le centre de recherche ayant réussi cet exploit fabrique un jardin spatial installé sur la surface de la lune... ».

L'écran bleu de sa télé luit dans son studio de 10m². La jeune Amandine se lève de son lit. Elle rabat l'écran dans le mur et marche vers le frigo se servir en chocolat chaud. N'ayant pas beaucoup d'amis, elle a passé son nouvel an loin de sa famille restée dans son continent d'origine. Au début de l'année scolaire, elle a quitté sa famille d'une banlieue proche de Strasbourg pour faire ses études en Australie. C'est une fille timide, cheveux bruns ondulés coiffés tous les matins, yeux magnifiquement bleus, elle pense avoir du mal à communiquer dans la langue du pays dans lequel elle étudie. Manquant de confiance, écoutant ce qu'on lui dit, elle n'est pas attirée par l'idée de descendre de son donjon, rencontrer et découvrir ce nouveau monde.

A 30 étages plus bas, dans les rues de Sydney, le monde semble arrêté. Deux à trois jours dans la semaine, elle doit emprunter ses rues pour aller à la faculté où elle est inscrite dans un Master Intercontinental en Commerce et Gestion Planétaires. Pourtant, comme une partie des filles qui peuvent se le permettre, elle peut suivre ses cours à distance hors de la vue d'autrui pour quelques centaines de dollars supplémentaires que lui facture l'Université de Sydney. L'arrivée des femmes aux pouvoirs a commencé à enrager certains hommes belliqueux, sous-éduqués, à mauvais caractère ou à idéologie masculine. La surpopulation de la Terre créé un stress collectif dans la survie de l'individu et joue aussi un rôle majeur dans ce changement de caractère chez les hommes. Les gouvernements n'ayant pas suffisamment de fonds monétaires pour remédier au fléau, les sénatrices précédentes ont préféré jouer la carte de la sécurité pour protéger un maximum de filles contre tous ces mâles frustrés. S'il lui venait l'idée de descendre dans la rue rien que pour aller faire ses courses dans le centre commercial en face de chez elle, elle prendrait le risque, à soixante pour cent, de se faire siffler ou bien qu'un homme vienne l'aborder et à vingt-deux pour cent qu'un homme mal attentionné lui tombe dessus, soit une sortie sur cinq. Étant donné le risque et la peur grandissante dans les familles terriennes plutôt aisées de ce XXIIème siècle. Il est préférable pour Amandine de rester chez elle.

Elle allume son petit écran bleu portatif, son ancêtre bien connu, le téléphone portable. Elle y ouvre ses réseaux sociaux, lit une publication VDM : « Je suis descendu de chez moi, un homme m'a reluqué, je l'ai frappé, ce n'était pas un homme c'était une femme à cheveux courts. VDM. ». Elle continue de scroller sur son écran, like les photos de personnes prenant un selfie en vacances sur les toutes nouvelles îles paradisiaques construites dans le Golfe Persique près de Dubaï. Ça la change de sa vue depuis sa chambre qui donne sur un immeuble juste un peu plus petit que le sien. Derrière ce dernier, elle peut apercevoir un petit bout de l'océan Pacifique ainsi qu'une partie d'une nouvelle ile fabriquée à l'aide de plastique recyclé trouvé en plein milieu de la masse liquide. Elle quitte les yeux de son petit écran, se lève et marche vers la fenêtre admirer cette nouvelle terre. Pourquoi y avoir pensé aussi tard, se pose-t-elle comme question. Pourquoi avoir attendu 2080 pour construire des villes sur Mars alors que les fusées existent déjà depuis 2 siècles ?

Le sujet de son mémoire se veut bien trop vaste, elle est maintenant à la moitié de sa première année de master et elle vient à peine d'entamer le début de son mémoire : Quitter la Terre, la solution à l'expansion de la société humaine actuelle ?

Miss Wald rend l'antenne après 20 minutes de direct. Elle descend de son siège suivi de très près par son assistant qui embarque rapidement la tablette, qu'elle n'a pas prise, sur le comptoir et court la rattraper. La directrice marketing se hâte de féliciter Miss Wald pour sa positivité sur le plateau et pour le nombre de téléspectateurs qu'elle attire dès sept heures du matin. Elle entre dans l'ascenseur, laisse à peine du temps à son assistant pour qu'il puisse se glisser à l'intérieur, et échappe au dialogue de sa directrice qu'elle n'apprécie guère. La présentatrice regarde son assistant avec peine et sans un mot elle lui retire la tablette des mains. L'ascenseur descend vers le 1er étage du parking sous-terrain de la chaîne télé. Miss Wald sort rapidement de l'ascenseur, son assistant lui passe devant rapidement pour lui ouvrir la portière. Elle s'arrête une seconde, observe l'action en cours, souffle un coup, l'air saoulé, elle marche droit vers son véhicule privé où son chauffeur et son assistant l'attendent. Comme une reine, elle monte dans le véhicule, l'assistant lui ferme la porte et repart en direction de l'ascenseur. La voiture démarre et ils quittent le parking.

Les années ont passé, l'idée des voitures sans conducteur a été abandonnée depuis près d'un siècle. Après le nombre grandissant d'accidents liés aux voitures intelligentes et à l'augmentation des limitations des vitesses sur les routes, l'idée venant de gouverneurs hommes qui, pensant que la voiture intelligente serait plus sécurisée pour la population. Pourtant, la voiture intelligente était loin de plaire à tout le monde, loin d'être financièrement accessible pour chaque habitant de la terre et d'être réellement capable de décider à la place de son propriétaire. La cohabitation entre voiture intelligente et voiture conduite par un conducteur humain fut abandonnée parce que les intelligences artificielles mises dans les véhicules ne pouvaient pas calculer l'aléatoire des actions des autres usagers (êtres vivants) sur la route. Pour remédier à ce problème, la Coalition décida d'envoyer la plupart des voitures intelligentes déjà fabriqués depuis les années 2050 sur Mars et sur la Lune, là où les infrastructures n'étaient pas encore construites définitivement et où il était possible d'importer une technologie futuriste et différente de celle connue sur terre. Ce sont les premières sénatrices qui ont réussi à résoudre ce problème, l'emmenant loin de la terre là où il ne créerait pas un nouveau problème mais une solution pour un nouveau besoin. L'opinion publique changeant de tendance et conquise par l'ingéniosité de leur toutes premières gouverneuses.

La voiture déboule sur l'une des avenues de Sydney longeant le studio de la 1T1, première chaîne télévision sur Terre retranscrite dans toutes les langues et dans le monde entier. La voiture passe à côté de militants pro-masculistes qui entravent l'entrée du bâtiment de la 1T1. Miss Wald tourne son regard de la fenêtre pour éviter d'être remarquée par les militants les plus proches de la route. Elle se rappelle très bien de la grande majorité des sujets de journaux télévisés qu'elle a présentés. Souvent elle se retrouve à présenter les incidents rencontrés lors de ce genre d'évènement. Les cas sont récurrents, harcèlement sexuel sur des passantes, viol en bande organisée lors des manifestations où des mâles frustrés ont réussi à s'y glisser, des enlèvements en plein jour. Même pour les femmes (sur Terre) très aisées et vivant dans un pays très développé, il est déconseillé de sortir sans une garde masculine. Pourtant, elle sait, par informations, que sur Mars et sur la Lune la femme est respectée au même titre que l'homme. Pourquoi se déclin ici-bas ?

Des militants crient à l'indignation, dans le cortège de militants bloquant l'accès à l'entrée principale de la 1T1, on peut entendre des cris et des chants sexistes, manifestant une nouvelle égalisation des sexes hommes-femmes. La place de l'homme devant être remise en question d'après leur revendication. Ce n'est pas l'avis de Miss Wald et d'une grande majorité des femmes dans le monde. Depuis l'arrivée des femmes au pouvoir en commençant par les premières présidentes, même avant les premières ministres et même les premières chancelières. Le monde n'a fait qu'évoluer bénéfiquement au profit de la société. Là où les hommes ne pensaient qu'à leur égo, à leur victoire propre, politique et à leur sécurité, les femmes ont su jouer de leur intelligence et de leur instinct maternel pour s'unir et le mettre à disposition de la société. Une fois le changement des priorités accompli, le monde a pu se sortir de sa fin prématurée. En cause, la pollution du trois quarts de l'air respirable sur terre, du changement climatique et de la fonte des glaces qui, depuis 2075, classe le continent Antarctique comme faisant parti de la Coalition. Aujourd'hui plusieurs millions d'êtres humains y vivent. C'est le seul endroit sur terre où les habitants des grandes villes ne sont pas encore tous entassés les uns sur les autres. Là où le danger est moindre. C'est devenu l'un des derniers paradis météorologiques sur terre.

Elle ouvre le frigo placé sous l'évier de son 10m² et sort son dernier pot de yaourt. 50ml de yaourt fabriqué en usine à partir de lait de synthèse contenu dans un pot en plastique recyclé. Au vu de ses revenus et de la pension versée par ses parents, Amandine ne peut toujours pas s'acheter de produit de meilleure qualité. Les produits dit « bio » existent maintenant depuis les années 2000, ils sont devenus plus rares une fois atteint les années 2100. La population d'êtres humains est en augmentation et les espaces d'élevage en extérieur de bovins et autres espèces comestibles ont fortement diminué à cause de l'expansion immobilière, créant ainsi une forte hausse des prix sur les produits dit « bio ». Les « non-bio » ne sont pas réellement mauvais, quelquefois plus gorgés de sucre, de protéines ou de calories suivant les attentes des clients ou de la chaîne commerciale qui commercialise les produits. Le prix, pour un même produit, reste égal même si l'origine de l'aliment est différente. En général les aliments sont produits très proche du lieu de vente. De grandes entreprises dans le monde ont émergé en commençant simplement par proposer aux habitants d'un immeuble d'installer un potager de plusieurs dizaines de m² sur leur toit à des fins commerciales. L'idée prenant de l'ampleur, chaque immeuble est équipé de sa propre fabrique et chaque habitant de l'immeuble est responsable de la production. D'où le fait que les sorties en ville se font plus rare pour aller faire les courses que pour aller voir des amis. Toutefois tout n'est pas à portée de bras. Amandine ouvrit les trois serrures de la porte qui sépare son petit studio du couloir principal du 30ème étage de sa résidence. Elle ferma la porte derrière elle et tourna les serrures à l'aide de sa clé à trois faces. Chaque face de la clé a sa propre empreinte pour correspondre à celle dans la serrure. La clé, telle qu'on la connaît depuis les premiers siècles après J-C, reste toujours plus performante que les innovations que l'on a pu inventer durant ce siècle pour tenter de la remplacer.

Amandine passe le palier du 35ème étage de sa résidence. A seulement 5 étages au-dessus de son studio, elle peut facilement s'approvisionner en aliment de première qualité, fabriqué et cueilli sur deux étages, et ce, jusqu'au toit de l'immeuble. Elle passe à côté d'une fenêtre donnant sur l'extérieur, le soleil se lève et luit sur les vitres des buildings environnants. À quelques centaines de mètres de sa résidence, elle peut apercevoir la gare aérienne de Sydney. Les dirigeables, ne faisant pas de bruit, ont remplacé les avions longs courriers. L'opinion et avis de chacun était très départagé pourtant pour une raison écologique et urgente, la Coalition a décidé de réhabiliter les dirigeables. Ce fut l'une des meilleures options pour remplacer les gros porteurs polluants et ainsi purifier le ciel de ses milliers d'appareils gourmands et défavorables à l'environnement. Répondant à des besoins à long terme, les dirigeables ont une capacité trois fois supérieurs à celle d'un avion et leur empreinte carbone est plus de dix fois inférieure à celle de leur ancêtre. Toutefois, les vols sont devenus deux fois plus longs et pourtant leur polyvalence leur permet de s'amarrer partout surtout en ville. Avec le temps, il a fallu aménager quelques buildings pour que chaque immeuble puisse pratiquement amarrer deux dirigeables en même temps. Les grandes villes optèrent pour des aérogares. Des passerelles entre buildings ont été fabriquées et les dirigeables s'y amarrent comme des avions aux portes d'embarquements d'un aéroport. Chacun est guidé par une tour de contrôle, tout le monde se voit, les déplacements en ville se font lentement contrairement à la croisière. Les dirigeables long-courriers sont pourvus de l'une des dernières découvertes technologiques mises au point. Leur vitesse de croisière diffère suivant leur temps de trajet mais elle peut être comprise entre cent et huit-cent kilomètres par heure. On peut très facilement les comparer à des paquebots volant dans les airs. Leur déplacement à haute vitesse est très précis, leur temps de freinage équivaut à leur temps d'accélération ; soit plusieurs centaines de kilomètres. N'oublions pas, parmi tous ces dirigeables volant dans les airs, des plus petits dirigeables, plus maniables, sans pilote, transportant des colis, nourritures et pouvant s'amarrer sur les héliports de toutes les résidences de Sydney. Les deux types de dirigeables ont bien entendu leur propre altitude de vol, tout cela est évidement réglementé par la Coalition.

Elle entre dans le magasin du 35ème étage. C'est un lieu où il n'y a pas de fenêtre. La seule lumière provient des néons bleu et blanc installés dans les gondoles du magasin et dans le faux plafond de la pièce. Elle s'aventure dans les rayons à la recherche de ses prochains repas. Elle s'arrête dans le rayon fruits et légumes avec son couloir de gondole de dix mètres de long. Elle se penche pour observer le prix ; les fruits et légumes frais sont généralement gratuits pour les habitants de la résidence sur laquelle ils sont produit, étant donné que ce sont les habitants eux-mêmes qui participent activement à la croissance et au développement social et environnemental de leur vie. En langage économique, on aurait parlé de circuit court. Elle tend son bras, récupère quelques pommes de terre, les premières de la saison. Elle se dirige dans un autre rayon, observe les barquettes de viande exposée dans la gondole, relève le prix, fait triste mine, Amandine connait le coût de la vie, elle ne se sent pas obligée d'acheter de la viande et continue son chemin. Aujourd'hui et les prochains jours, elle décidera de manger végétarien.

Miss Wald, assise à l'arrière de sa voiture, une belle berline noire aux allures d'un concept-car de chez Mercedez-Benz dans les années 2020, le vintage étant revenu à la mode très récemment. Elle déverrouille sa tablette et envoie les coordonnées GPS de son rendez-vous matinal à l'intelligence artificielle de la voiture. Un bruit retentit dans l'habitacle avant du véhicule. Le volant s'illumine et une projection de flèche indiquant une direction à suivre se projette sur le pare-brise intérieur du véhicule. Le conducteur de la berline peut alors suivre la direction donnée par l'ordinateur de bord et commanditée par Miss Wald sans avoir d'interaction sociale avec celle-ci.

La voiture traversa la ville pendant une vingtaine de minutes et s'arrêta au pied d'un petit immeuble de deux étages en plein milieu d'un quartier chic de Sydney. Miss Wald sort de la voiture, elle claque la porte de la berline et se tourne vers l'entrée de l'immeuble. Sur le haut de la porte est marqué en grand et doré : The Good Morning. C'est le nom du restaurant dans lequel Miss Wald fut invitée pour la première fois, une année auparavant et le même jour, par son petit ami. Ce matin, tout comme l'année précédente, il l'invite à prendre un brunch romantique dans ce restaurant très coté ici à Sydney.

Elle entre à l'intérieur du restaurant, un réceptionniste l'aide à enlever son manteau et le lui range sur un cintre. Toute pimpante, dans sa belle robe rose, Miss Wald rougit au croisement de regard avec celui de son compagnon adossé contre un mur dans le couloir de la réception. Il se relève et dans un grand sourire s'avance vers elle. Elle sourit en retour et admire son grand jeu et sa carrure mise en valeur à travers les formes de sa chemise blanche repassée. Les deux amoureux sont très grands, 1,80m pour lui et 1,76m pour elle. Il s'approche d'elle, lui tient le menton à deux doigts, leur lèvre se rapprochant et finissant par se toucher l'une contre l'autre. « Bonne année 2142 chérie » lui-dit-il avec sa voix douce et tendre. Miss Wald rougit de plus en plus. Voir son homme lui permettait de faire le vide dans sa tête, d'oublier qu'à l'extérieur le monde n'était pas tout bleu ou tout rose mais que pendant une bonne heure elle pourrait profiter de ce qui lui appartient réellement.

Ils s'approchèrent de leur table qui leur était assignée. Son petit-ami lui montre sa place et sort la chaise de Miss Wald. Il l'invite à s'assoir avec un grand sourire. Émerveillée et comme hypnotisée par le regard de son homme, elle s'assied et obéit instinctivement à sa demande non verbale. Une fois à table, ils se mettent à discuter de leur avenir et de leur résolution pour l'année 2142. Son petit-ami commence en prenant sa voix douce et attentionnée : « J'aimerai passer plus de temps avec toi. Faire en sorte que cette matinée se reproduise au moins une fois par mois, puis je vais avoir deux annonces importantes à te faire mais avant je souhaite t'entendre. ». Touchée par l'attention que porte son copain à son égard, Miss Wald a du mal à lui répondre avec des mots encore plus touchants. « C'est vraiment beau ce que tu me dis là Ethan, je n'ai pas de mot plus sincère que les tiens pour te dire ce que je ressens à tes côtés, tu dois le voir et même le ressentir, j'aimerais que cette heure ne cesse jamais. Que souhaites tu me dire ? », lui répond avec tendresse Miss Wald. Il lui prend les mains et ajoute « Je nous ai réservé des vacances sur les plages de l'archipel de Ross en Antarctique, ils ont ouvert une nouvelle station balnéaire là-bas il y a deux ou trois ans. On dit que l'eau y est fraiche et d'un bleu magnifique, comme tes yeux. ». Miss Wald est sous le charme, elle accepte volontiers la demande de son compagnon. Il enchaîne rapidement sur la seconde nouvelle : « J'ai une nouvelle promotion, j'ai négocié pour commencer après nos vacances, et cela a été difficile... », le suspense est à son comble pour Miss Wald. Il y a deux ans, elle était tombée amoureuse d'un jeune garde du corps qui avait pour mission de la protéger lors de ses reportages. C'était la bonne époque où elle n'était qu'une simple journaliste pour la chaîne 1T1. Ils se connaissaient depuis quelques mois, après le départ à la retraite de son dernier garde du corps (qu'elle aurait pu confondre avec son père). Cela faisait plus de cinq ans que Miss Wald travaillait pour la 1T1. Passant de stagiaire plateau, à assistante-journaliste puis journaliste. Ils étaient sortis pour faire un reportage lors d'une manifestation masculinisme en pleine rue de Sydney. En voyant la belle Miss Wald, des manifestants virulents avaient tenté de s'approcher de la jeune journaliste. La communication verbale n'était pas de mise ce jour-là et le jeune garde du corps avait dû utiliser la force pour repousser ces chiens. Miss Wald n'avait pas revécu une situation aussi similaire depuis ses années de lycée. A ce moment-là, elle fut en admiration face à son sauveur. Elle décida de nouer des liens avec ce jeune garde du corps et se retrouve aujourd'hui face à lui dans ce restaurant chic « The Good Morning ». Ce jeune homme qui, depuis ce jour si précieux, ne souhaitait plus lâcher sa belle jusqu'à sa promotion au poste de présentatrice. Depuis, il s'est réorienté pour sauver d'autres personnes aussi méritantes que sa belle. Il entra dans la police judiciaire de Sydney, là-bas, il pouvait profiter d'une ambiance bien différente de celle de la 1T1. Il s'est retrouvé avec d'autres hommes qui avaient les mêmes envies et convictions que lui dans ce monde misandre et violent. « ... j'entreprends des nouveaux concours internes à la police, la police prévoit des postes de policier-juriste de terrain, des PJT, des policiers qui pourraient faire régner la loi directement sur le terrain, sans passer par le juge, les juristes et tout le chemin administratif pour mettre les plus grands délinquants en prison. C'est très entreprenant et ça me prend à cœur, puis le salaire à la clé est conséquent ! » reprend-il. Miss Wald, une tasse de café chaud porté aux lèvres, s'arrête et ouvre grand les yeux en le fixant. Elle pose doucement la tasse sur la table et commence en mettant ses cheveux bouclés devant elle : « Tu plaisantes ? Tu étais très bien à la 1T1 et tu sais bien que c'est dangereux comme job. ». Ethan grince des dents : « J'étais très mal payé à la 1T1. Après ce qui s'est produit le jour où je t'ai sauvé j'ai réalisé que je ne méritais pas ce petit salaire et le manque de respect de la plupart des employées de la chaîne. C'est pour ça aussi que je suis entré dans la police. Et je te rappelle que personne n'a coincé les jeunes qui ont tenté de te faire du mal. Je le vois encore en interne, il y a trop de personnes qui reviennent en garde à vue sans passer la case suivante. ». Elle lui prend les mains, consent sur sa décision et enchaine sur ses ressentis au sein de la chaîne 1T1 qui sont en accord avec les propos qu'il a eu.

De retour dans son appartement, Amandine range ses courses et allume son ordinateur. Il va être 10h du matin et son cours sur l'histoire interplanétaire va commencer. Elle lance le logiciel de visioconférence et se connecte à la classe virtuelle.

« Le chapitre de cette séance de cours est porté sur l'histoire de la Coalition : la Coalition est une organisation intergouvernementale, née au XXIème siècle après J-C. Elle est la résultante de la troisième guerre mondiale ainsi que l'anéantissement des pays les plus dangereux sur terre. Elle est alors créée par les gouvernements et organisations gouvernementales les plus puissantes du monde dont l'Union Européenne, les États d'Amérique du Nord (USA et Canada), l'Asie en passant par la Chine, la Russie, le Japon, la Corée puis par les États Arabes Unis (qui comporte le Maghreb et d'autres états d'Afrique du Nord jusqu'aux frontières de l'Inde) ainsi que quelques pays d'Afrique centrale et l'Afrique du Sud. Rappelons que la Corée du Nord et la Corée du Sud ont fusionné après la fin du régime dictatorial de Pyongyang quelques années après la troisième guerre mondiale. De nombreux pays ne souhaitent pas ou pas encore faire partie de la Coalition comme l'Inde qui se dit suffisamment indépendante pour survivre et s'auto développer. Cependant, rappelons-nous que les Indiens représentent 15% de la population mondiale sur terre et ont profité de la troisième guerre mondiale pour manger les territoires voisins. Statistiquement, l'Inde reste le pays le plus polluant sur terre étant donné son égoïsme économique, bref je ne vais pas créer de débat politique sur le sujet. Les pays de la Coalition se sont rassemblés pour créer un gouvernement supérieur au leur et ainsi proposer une gouvernance inter gouvernementale qui se dit être au-dessus des lois des gouvernements par le biais de nouveaux traités et la création d'une constitution unique pour chaque pays membre. Aujourd'hui, elle a évolué avec l'expansion de la vie et de l'exploration de notre système solaire, on l'appelle alors la Coalition Interplanétaire, qui lie la Coalition de la Terre, de la Lune et de Mars. Et savez-vous qui l'a réellement fait naitre cette Coalition ?»

Une élève, dans la classe virtuelle demande à répondre, le professeur active son micro et partage la réponse à l'ensemble de la salle virtuelle, elle répond : « La femme ».

« Exactement ! C'est l'objet de la partie suivante. La place de la femme au fil des années. Vous êtes tous au courant qu'une très grande majorité de femmes se sont unies pour gouverner notre monde. C'est l'essence même de la Coalition et nous en avons encore eu la preuve en ce début d'année. Regardons ce graphique, que je vous envoie en pièce jointe sur les taux de femmes en emploi dans des postes à hautes responsabilités. On voit très bien que la courbe est très linéaire entre le XX siècle et le début du XXI puis au premier quart de siècle, la courbe commence à croitre exponentiellement. Entre la fin du dernier siècle et aujourd'hui, la courbe reste indéfiniment croissante, sans être à nouveau exponentielle.

Vous trouverez en pièce jointe le calque de la courbe des hommes avec les mêmes données graphiques que la courbe des femmes. Que pouvez-vous me dire ? »

Une autre élève demande la parole dans la salle virtuelle : « Les hommes ont trouvé de nouveaux esclaves pour travailler à leur place. »

« Merci pour ta participation. », le professeur coupe rapidement le micro de l'élève pour ne pas rentrer dans un débat polémique, il continue : « Je résumerai ça par un désintéressement de l'humanité chez les hommes. Et comme tu l'as si bien dit, en plaçant la femme en tête l'homme a délégué ses responsabilités, un peu comme un passage de flambeau. Observons ces courbes qui se croisent nettement à la moitié du siècle dernier et cette courbe qui continue de décroitre encore aujourd'hui. »

Miss Wald et son compagnon se lèvent de table. Après avoir échangé pendant une heure, ils doivent se quitter pour retourner à leur activité respective en attendant de pouvoir prendre leur semaine de congés. Ils arrivent au comptoir, un réceptionniste leur tend les vestes et les aides à se rhabiller. Miss Wald enfile sa veste légère à manche courte en cuir synthétique, qui lui couvre les épaules et descend jusqu'au niveau de son nombril caché sous sa robe. Ethan reprend sa veste bien taillée qui va avec son ensemble chemise et pantalon lui donnant une allure très élégante. Il sort sa carte bancaire et paie la note de leur brunch dans ce restaurant luxueux. Ils sortent tous les deux, son compagnon se serrant à Miss Wald en lui prenant l'épaule. Ils s'arrêtent sur le trottoir, la berline noire de Miss Wald s'avance et se stationne devant le couple. « J'espère que tu sais ce que tu fais » déclare Miss Wald inquiète pour l'avenir de son compagnon. Il la regarde droit dans les yeux l'air déterminé, elle baisse sa tête et il l'embrase sur le front. Ils se lâchèrent et Miss Wald monta à l'arrière de la voiture, laissant son petit-ami sur le trottoir. La voiture reprit la direction des studios de la 1T1. Sa tête collée sur la vitre tintée, elle pense à lui. Cette heure de pur bonheur est déjà loin mais elle sait qu'ils se retrouveront ce soir, un peu tardivement mais ils se retrouveront.

À l'arrivée dans le parking des studios de la chaîne, l'assistant de Miss Wald se précipite sur elle. Il lui réclame la tablette en urgence sous prétexte que sans cet outil il n'avait pas pu réaliser correctement les tâches qu'une collègue de Miss Wald lui avait demandés pendant le temps d'absence de celle-ci. Changement d'humeur pour Miss Wald, elle ne peut pas supporter les reproches de son assistant qui tente de lui expliquer qu'elle a emmené la tablette de travail dans la précipitation de son départ au restaurant. Lui demandant avec insistance, elle jette l'appareil dans les mains de son assistant et se dépêche d'atteindre l'ascenseur. Son assistant se faufile de justesse entre les portes de l'ascenseur se refermant sur lui. Il était moins une. Il souffle pour décompresser, Miss Wald le regarde, elle pousse un petit gémissement de négativité et regarde devant soi avec assurance la porte de l'ascenseur et se tient prête à en sortir rapidement. Elle n'aime pas se retrouver seul avec son assistant dans un petit espace. Aurait-elle peur ? Il semble qu'une odeur peu commode se dégage des vêtements de son assistant, est-ce que cela provient de son hygiène de vie ? Se lave-t-il chez lui ? Une nuée de questions passa dans la tête de Miss Wald, elle n'osa point lui demander. Elle ne souhaite en aucun cas créer une relation sociale avec son assistant. Elle reste sa supérieure hiérarchique et souhaite que cela reste clair pour cet homme. La porte de l'ascenseur s'ouvre sur l'étage des bureaux de la 1T1. Ils sortirent de l'ascenseur et Miss Wald se fit harponner par l'assistante de la directrice d'antenne. Elle lui demande de rejoindre la directrice à son bureau. Ils se mirent à parcourir les couloirs de l'étage passant ainsi devant les bureaux des collègues présentateurs de Miss Wald ainsi que du sien. L'assistante frappe, de son petit poing osseux, contre la porte avec écrit « Directrice Générale d'Antenne ». Une lumière verte s'alluma sur la poignée de porte signifiant que la personne de l'autre côté donne son autorisation pour entrer. Elle ouvre la porte et laisse Miss Wald y pénétrer.

Miss Wald entre dans le bureau de la directrice. « Bonjour Léna » fait la directrice à demi-assise au bout de son bureau en verre. « Tu es en retard, je t'attends depuis un bon moment ». Miss Wald s'en excuse et profite du moment pour lui annoncer une idée de reportage. Elle raconte ce que lui a appris son petit-ami l'heure précédente sans laisser sa patronne lui donner une correction verbale. La directrice l'écoute attentivement jusqu'à la fin de l'argumentation de Miss Wald et lui lance : « Très bon travail Léna, tu as gagné le droit de faire ce reportage en emmenant avec toi une jeune stagiaire dans le métier. De plus, la mairie de la ville m'a appelé ce matin et m'a parlé du même sujet que toi. Vu que tu as suffisamment le temps pour allonger ta pause du matin, je pense que tu pourras la rattraper en accompagnant cette jeune fille sur le terrain. Qu'en dis-tu ? ». Miss Wald rechigne intérieurement, elle ne pensait pas remettre les pieds en extérieur de si tôt pour un reportage aussi médiocre. « Il fut un temps où tu étais une super journaliste, il est temps de passer le flambeau une fois pour toutes et de donner envie à la jeunesse de suivre ton exemple. Pas Vrai ? » Caresser l'ego de Miss Wald la soulage. Elle souffle intérieurement et se détend. Après tout ce n'est qu'une simple interview.

Il va être 11h, la directrice demande à Miss Wald de se préparer à sortir. Il est à présent l'heure de sa réunion en visioconférence avec les responsables de chaque pôle de l'antenne 1T1 afin de préparer le journal télévisé de ce soir présenté par une autre présentatrice et collègue de Miss Wald. Elle est invitée à quitter le bureau. Elle, une équipe de tournage ainsi que la jeune stagiaire journaliste devront se retrouver dans le hall principal de la 1T1. Miss Wald se dirige seul vers l'ascenseur, appuie sur le bouton d'appel de la cabine, la porte s'ouvre, elle entre et demande le rez-de-chaussée.

La semaine de cours fut rude pour Amandine, elle a enchainé les heures sans réellement pouvoir s'occuper d'elle et de ses devoirs pour la communauté de sa résidence. Ce weekend, elle va pouvoir le passer dans le dernier étage de l'immeuble pour rattraper son retard sur ses heures de travail communautaire. Chaque semaine tous les habitants de la résidence sont assignés à un étage pour un travail collectif, dit le travail communautaire. Ils sont alors obligés de pointer avec leur badge de résidence et doivent cumuler un nombre d'heures de travail allant de 7 à 12 heures par semaine. S'ils ne souhaitent pas travailler et faire leurs heures assignées, ils posent un problème de management et obligent les autres habitants à travailler plus. C'est une activité non rémunérée mais qui permet à chaque habitant d'apporter de son temps à la vie des autres, ils sont récompensés par un nombre gratuit de consommable produit sur place ainsi qu'une réduction sur le prix de consommable importé (Amandine et les autres habitants ne peuvent trouver que de la nourriture, produit ménager et d'hygiène dans le magasin de cette résidence). Les produits présentés dans les gondoles du magasin résidentiel sont le fruit du travail communautaire, lorsque le pointeur enregistre une semaine avec beaucoup d'heures de travail effectuées, les habitants pourront trouver plus de produits dans leur magasin la semaine suivante. A l'inverse, si peu d'habitants prennent la peine de se dégager du temps, il y aura moins en quantité dans les gondoles et les seuls habitants travailleurs devront donner plus pour atteindre le même rendement. En clair, c'est un système qui demande de la discipline au profit de la société.

Amandine quitte son petit appartement, prend l'ascenseur et monte dans les derniers étages. Elle n'a pas fait une seule heure de travail communautaire cette semaine. Lors des weekends, il y a trop de monde en haut et le pointeur refuse l'accès au retardataire lorsque l'étage de production est plein. Elle préfère alors travailler de nuit, elle rencontre les habitués du travail communautaire de nuit et trouve cela plus convivial de passer une moitié de nuit et de son temps de travail avec des personnes qu'elle connait depuis un moment. Pour un souci d'économie d'énergie, le pointeur interdit le travail communautaire entre 22h et 06h du matin. Amandine a tout intérêt à se dépêcher si elle souhaite au moins écouler trois heures de travail communautaire avant le weekend.

Les portes de l'ascenseur s'ouvrent, elle s'empresse de sortir de la cage d'ascenseur et court vers le pointeur situé à l'angle du couloir précédent le magasin de sa résidence. Elle passe le coin du mur et glisse sur le carrelage mouillé de l'étage jusqu'à s'écraser sur le mur d'en face. Le mur trembla et un tableau s'en décrocha pour finir sa chute dans l'angle de son genou gauche. Elle se mit à hurler de douleur et pleura.

Au bout du couloir se trouve l'escalier donnant aux étages supérieurs ainsi qu'au toit de la résidence où sont installées les serres de production. Ayant entendu les cris de douleur d'Amandine, une personne descendit brusquement les escaliers métalliques pour venir au secours de la victime. Elle déplace délicatement le tableau et le pose à plat à côté de la victime. Elle la prend par la main et l'aide à s'asseoir. Amandine essaye d'essuyer les larmes qu'elle a aux yeux et peine à voir à quoi ressemble l'étranger qui est venu à son secours. Elle réussit à distinguer la chevelure brune et bouclée ainsi que la peau métissée de la personne qui est en face d'elle. Elle reprend ses esprits et ouvre doucement la bouche l'air ébahi. C'est un très beau jeune homme métissé qui est venu à son secours. Il lui demande si elle va bien, si le choc ne l'a pas étourdi vu la tête qu'elle est en train de lui tirer. Elle bégaie une réponse peu compréhensible. Il se met à plaisanter sur ce qui vient d'arriver à Amandine et aimerait savoir comment elle s'est retrouvée dans cette situation. Elle enleva ses larmes et ils se relevèrent. Amandine lui expliqua que ses cours lui prennent beaucoup de temps et qu'elle souhaite prendre de l'avance sur son travail communautaire. Malheureusement avec la fatigue elle n'avait pas vu que le sol était mouillé. Elle jette un œil autour d'elle mais ne trouve point de panneau avertissant sur l'état du sol. Toute confuse, elle questionne le jeune homme venu à son secours. Il s'appelle Diego, il est âgé d'une année de plus qu'Amandine et vit dans la même résidence. Il venait de finir son travail communautaire et se dirigeait vers le pointeur lorsqu'il sentit une secousse dans le mur et entendit le tableau du couloir tomber. Ils sentent de l'eau ruisseler lentement autour de leur pied, ils baissent la tête et recherche, tous les deux, du regard la source de ce ruissellement. Elle provient du dessous de la porte des toilettes des hommes. Ils s'approchent, ouvrent la porte et s'étonnent de ce qu'ils découvrent. L'eau provient de deux robinets cassés, les lavabos sont fendus, la céramique qui les forme est éparpillée en miettes à travers la pièce. Ils se pressent de fermer l'arrivée d'eau générale des robinets. L'eau ne coule plus. Qu'a-t-il pu se produire ici ? Il n'y avait pas de trace de sang ni de chair. Ils pouvaient écarter la théorie de la bagarre et se tourner vers la théorie du vandalisme pur. Amandine voit ça pour la première fois, comment se fait-il que des résidents de l'immeuble se permettent de détruire les biens communs ? En temps normal, les habitants ont chacun une clé magnétique pour entrer dans leur résidence. Ils ne peuvent pénétrer dans un autre immeuble sans l'aide d'un complice qui habite sur place. Ils s'équipent avec de quoi nettoyer rapidement le sol ; des éponges et serpillères et se mettent à la tâche.

Miss Wald sort de la fourgonnette de l'équipe technique avec laquelle elle vient de voyager pour arriver devant l'hôtel de ville de Sydney. Elle monte sur les marches de ce vieux bâtiment datant des années 1890 et remis au goût du jour à différentes époques à l'aide d'agrandissement plus futuriste à l'arrière du monument. Elle s'arrête sur le haut des marches, entre deux anciennes colonnes en pierre et regarde de haut la caméragirl, le maquilleur et le garde du corps qui déchargent ensemble le matériel du fourgon. De son perchoir, elle attend patiemment que sa stagiaire la rejoigne.

La stagiaire fait mine de trébucher à la sortie du fourgon, ses pieds étant pris dans des câbles. Elle sautilla deux-trois fois puis rejoignit sa tutrice. Miss Wald n'est pas très patiente et elle a horreur de donner des ordres, elle préfère que les autres comprennent leurs erreurs par le silence qu'elle va leur faire subir.

Miss Wald et sa stagiaire entrent dans le hall, elles se dirigent devant le comptoir surélevé du chargé d'accueil de l'hôtel de ville. Elle avance la tête au-dessus pour se faire voir, un gentilhomme assis derrière le comptoir est plongé dans ses courriels (=gentilhomme est le surnom que la société actuelle a attribué aux hommes respectueux et fidèles envers les femmes, cela peut se caractérisé par un contrat de mariage hétéro par exemple, et cela concerne surtout des hommes qui exercent des métiers qui étaient considérés comme misogynes par des groupes féministes. Fut un temps où l'égo de l'homme se voyait supérieur à la femme). Surpris, il lève le regard et souhaite connaître la requête de Miss Wald. Elle lui montre sa carte de journaliste pour la chaîne de télévision 1T1 et demande à voir madame La maire de Sydney pour une interview prévue ce matin avant la pause de midi. Le gentilhomme appelle l'assistante de madame La Maire pour confirmation de la disponibilité de cette dernière et invite Miss Wald à monter dans le grand bureau.

Elles quittent le comptoir et se dirigent à l'arrière du bâtiment, elles poussent une porte et traversent un long couloir de plus de trente mètres à travers l'ancien hôtel de ville en pierre. De chaque côté se trouve un jardin d'intérieur, comme dans une abbaye, elles passent d'arc en arc en avançant dans ce long couloir donnant sur une porte en verre et un bâtiment bien plus récent. Les jardins ne sont pas à l'air libre, un énorme toit en verre protège les plantes et la verdure des fortes chaleurs et d'éventuelle tempête de sable provenant du désert d'Australie centrale. Ce verre permet aussi de protéger l'ancienne pierre ce qui permet d'économiser l'entretien extérieur de cet ancien monument datant de plus de trois siècles. À travers le verre et au bout du couloir, derrière les portes, elles voient les escaliers en bois récent monter les trois étages de cette nouvelle structure jusqu'au bureau de madame La Maire. Miss Wald connaît bien l'endroit, elle a jadis réalisé plusieurs interviews pour la 1T1 avec les différentes maires de Sydney. Cela fait des décennies que la ville de Sydney est menée par des femmes.

Elles empruntent les escaliers pour se rendre au troisième étage, Miss Wald se rappelle du silence qu'elle avait décidé de maintenir entre elle et sa stagiaire. Elle jette un œil sur sa jeune pousse, leur regard se croise mais il ne se passe rien. Miss Wald se dégoûte d'elle-même, la stagiaire ne fait que renvoyer les coups qu'elle lui met. Miss Wald décide de changer d'attitude et communique avec sa nouvelle collègue temporaire.

Elle apprend que cette jeune fille est passionnée par le métier qu'elle découvre depuis le début de sa semaine de stage. Elle est très honorée de faire sa première interview sous la tutelle d'une grande journaliste telle que Miss Wald. Cette dernière souhaite rester modeste et lui exprime ses remerciements, elle est fière de voir que des jeunes filles sont encore très attirées par le métier de journaliste. Elle n'oublie pas de lui préciser que c'est un métier à risques depuis la nuit des temps et il faut souvent se débrouiller soi-même sur le terrain, chercher soi-même les informations, ne pas partir dans le hors sujet. Les questions à poser ne doivent pas être aléatoires ou politiques, être journaliste sur la première chaine mondiale est d'une grande responsabilité.

La montée jusqu'au palier du troisième étage fut plus long que prévu. Debout au milieu du couloir avec son assistante, Madame La Maire s'impatientait de voir Miss Wald et s'empresse de la saluer. Miss Wald s'excuse pour le peu de temps accordé à sa stagiaire, elle va avoir énormément de chose à lui apporter.

Elles entrent dans le grand bureau aux allures futuristes par ses grandes vitres de plus de 4 mètres donnant sur les plus beaux buildings de la ville. La Maire les invite à s'installer dans le lounge, ce petit espace à côté de son bureau avec canapé et fauteuil confortable. Elles s'installent.

« Cela fait si longtemps que je ne vous ai pas vu Léna ! », s'exclame madame La Maire.

« Oui, il fut un temps où je venais souvent ici pour vous interviewer vous et votre prédécesseuse. », répond Miss Wald en lançant un regard de bienveillance sur sa jeunette.

« Je suis ravie que vous preniez de votre temps pour montrer l'exemple à la jeunesse. Ça doit être difficile de trouver sa voie dans ce monde, et surtout à cette époque. », fait La Maire en s'adressant à la jeune fille accompagnant la journaliste. La stagiaire sourit gentiment mais ne sait pas quoi répondre en retour. Elle laisse place à un petit silence malaisant, Miss Wald prend la relève : « J'aimerai vous parler du projet de police judiciaire que vous allez mettre en place dans la ville. Les PJT c'est bien leur nom ?». Madame La Maire commence à introduire le speech qu'elle va faire face caméra une fois la caméragirl prête.

L'équipe technique entre dans la pièce. Ils installent le matériel et préparent madame La Maire à l'interview face caméra.

La caméra est en place. Comme sur un plateau télé, Miss Wald est assise dans un fauteuil face à madame La Maire qui est installée, un coude sur l'accoudoir, les mains croisées, dans un canapé. Miss Wald croise les cuisses pour se concentrer. Elle sort les notes de questions qu'elle souhaite poser à La Maire à la suite de l'introduction qu'elle a faite peu de temps avant et aux informations que lui avait donné son petit-ami durant la matinée. Le maquilleur finit de poser les micros sur Miss Wald ainsi que sur madame La Maire. L'interview peut commencer.

Amandine dit « au revoir » à ses parents. Il va être 10 heures du matin et elle a prévu de ne pas perdre de temps ce weekend. Elle se déconnecte du salon virtuel et ferme son ordinateur. Elle part se changer rapidement dans sa petite salle d'eau. Elle enfile son pantalon de travail, gracieusement offert par la ville, pour ne pas salir ses habits de semaine. Elle sort de son studio et monte aux derniers étages de sa résidence. Cette fois-ci et pour toutes les prochaines fois, elle ne se précipite pas pour pointer. Elle emprunte l'escalier en métal bruyant qui monte à l'étage auquel le pointeur l'a assignée. Face à une grande porte de chambre froide, elle met des lunettes de protection solaire et ouvre la porte. Elle entre dans ce grand hall rempli d'établi de légumes et de fruits poussant sur des étagères et sous des lumières artificielles à l'ultra-violet. Elle s'avance vers son rayon et tombe nez-à-nez avec Diego agenouillé au sol en train de planter de nouveaux pieds de tomate.

Amandine s'approche de lui timidement, elle le salue avec un geste de la main et un joli sourire. Il sursaute de peur et se lève rapidement. Il prend deux petites secondes pour analyser la situation et salue à son tour la jeune fille qu'il voit devant lui avec moins de conviction qu'elle. Elle tente de prendre de ses nouvelles. Diego lui répond comme si elle était inconnue. « Tu te souviens de moi dis-moi ? » demande Amandine inquiète. Elle ajoute quelques éléments en lui parlant de la fille avec qui il avait nettoyé les toilettes de service deux semaines auparavant. Ce fut comme un flash, il s'excusa et se souvint rapidement de la scène.

Cela fait deux semaines qu'ils ne s'étaient pas recroisés. Entre temps, ils avaient informé le conseil syndical de la résidence et le litige dans les toilettes avait été réparé.

La situation est un peu gênante pour Amandine, elle ne sait pas quoi dire de plus à son interlocuteur. Diego est en plein travail communautaire, elle préfère le laisser finir ses heures et le laisser tranquille. Elle lui passe derrière et continue son chemin tout en gardant sa tête retournée, du coin de l'œil ils arrivent à garder la liaison et se suivent du regard jusqu'au croisement entre deux étages. Amandine tourne dans son allée et perd Diego de vue.

Lundi 22 janvier 2142, c'est l'un des rares jours où Amandine doit participer aux travaux dirigés de sa faculté. Elle descend au rez-de-chaussée de sa résidence. Elle traverse le hall et, avant de sortir, elle se dirige dans la buanderie. Elle entre et se dirige vers la trappe d'une grosse benne. Elle l'ouvre et y jette tous ses vêtements sales dû à son weekend de travail communautaire. Une fois son rituel du lundi accompli, elle sort de la résidence.

De bon matin en plein été, Amandine sent les rayons du soleil chaud taper contre sa peau. Elle sort de son sac à main une paire de lunette de soleil et des écouteurs à conduction osseuse sans fil qu'elle place à l'arrière de ses deux oreilles. Elle lance une playlist depuis son téléphone portable et s'élance dans la rue.

Dans sa playlist elle va écouter un titre très connu s'intitulant « une femme » de Jenny Sœurette, une jeune artiste française :

Elle avait les mots, elle avait le cœur
Elle chantait les maux tout en douceur
Elle était de celles qui donnent le meilleur
Et moi, je l'admirais du fond de mon cœur

Une femme debout, une femme debout
Elle avançait malgré les coups
Une femme debout, une femme debout
Elle croyait en des lendemains plus doux

Elle portait en elle tant de projets
Des étoiles dans les yeux, elle avait
Elle rêvait tout haut de liberté
Et moi, je l'encourageais à les réaliser

Une femme debout, une femme debout
Elle avançait malgré les coups
Une femme debout, une femme debout
Elle croyait en des lendemains plus doux

Et quand la vie voulait la faire plier
Elle restait fidèle à ses idées
Elle puisait la force au plus profond de son être
Pour affronter les tempêtes tête haute, sans paraître

Une femme debout, une femme debout
Elle avançait malgré les coups
Une femme debout, une femme debout
Elle croyait en des lendemains plus doux

Et même si la route est parfois difficile

Elle sait qu'elle a en elle des ressources habiles
Elle est une femme, une femme debout
Et elle avance fièrement, malgré tout.

Emportée par sa musique, elle marche sur le trottoir du grand boulevard de Princess Highway devant l'université de Sydney. Fondu dans la masse d'étudiants, elle entre sur la grande place du campus, entre l'auditorium et l'école de chimie. Elle traverse toute la place jusqu'à arriver devant l'école d'Histoire et de Politique de Sydney (EHPS). Ce grand bâtiment, aux vitres bleues et aux longues plantes vertes poussant sur le toit et se laissant attirées par la gravité en longeant chaque forme de la structure, a été bâti il y a plus de 30 ans sur les anciens jardins de l'école de philosophie. C'est un des nombreux projets écologiques que la ville de Sydney a soutenu depuis les années 2050. Le toit de l'école est recouvert de mousse végétale et de plantes qui, avec le soleil et ses rayons ultra-violets, se reproduisent et s'accumulent. Depuis une dizaine d'année un espace détente a été installé au sommet, pour que les étudiants puissent profiter d'un semblant de jardin à seulement 4 étages du sol et dans un quartier avec très peu de vis-à-vis. De là-haut, on peut admirer la Skyline de Sydney ainsi que les docks à dirigeable et les nombreux zeppelins dans le ciel de la ville.

Elle entre dans l'EHPS, monte le premier escalier en face directement à l'entrée et ouvre la première porte face à elle. Elle entre dans l'amphithéâtre central de l'école. La salle est bruyante, les élèves arrivent des trois côtés de la salle, ceux déjà assis discutent, il y a déjà beaucoup de monde. Amandine descend les escaliers vers les places les plus proches de l'estrade centrale. Une rangée de place avant le premier rang elle trouve une série de trois places, elle se lance dans l'allée. Un jeune homme avance son siège pour la laisser passer, un second regarde le premier avec mépris et ne bouge pas. Amandine est gênée, elle souhaite passer mais ce bougre de jeune homme ne lui fait pas de place. Leur regard ne se croisent pas et Amandine finit par s'extirper de la chaise. La troisième place est occupée par un sac, certainement celui du bougre, la quatrième est libre, elle décide de s'y installer. Elle pose son sac sur la table et sort la chaise.

Le jeune bougre de la deuxième chaise l'interpelle et lui interdit violemment de poser ses fesses dessus. Amandine est stupéfaite. Quels sont ses raisons ? Se demande-t-elle. Elle est tout-à-fait légitime de s'asseoir sur cette chaise comme tout autre élève dans l'amphi. Il grogne, se lève et lui dit que deux de ses amis ne vont pas tarder à arriver et il lui faut les deux places à sa gauche ! Ses intimidations font peur à Amandine qui regarde autour d'elle si une autre place est disponible. Quatre-cinquième de la salle est déjà rempli et les étudiants entrent encore en nombre dans la salle. Elle ne souhaite pas se retrouver debout ou assise dans le couloir de marche entre deux rangs. Elle se retourne pour prendre la sixième chaise, qui malheureusement vient d'être prise par une étudiante. Les chaises suivantes ne sont pas libres. Elle retente le coup sur la chaise convoité par le bougre. Il s'avance vers elle, l'air menaçant en rentrant la chaise sur laquelle il y a un sac.

Il lui ordonne de partir lorsque, par tout hasard, un jeune homme au visage familier vient retenir l'épaule du bougre. Il lui demande de se rasseoir, le garçon rechigne, contourne le jeune homme au visage familier et retourne sur sa chaise.

En plein interview, Miss Wald est interrompue par des cris et insultes en contre-bas du bureau de madame la maire. Elles se lèvent du mini salon et s'avancent face aux fenêtres. A quelques étages plus bas, un cortège de la manifestation de masculiniste, protestant devant la 1T1 quelques heures plus tôt, défile devant la mairie. Le cortège est porté d'hommes haineux envers les femmes, certains se permettent de taguer les parois en verre de la mairie. On peut y lire « retourner à la cuisine », « fachiste » et « un homme, une femme ».

Madame la maire, Miss Wald et toute l'équipe technique regardent la scène. Les poubelles publiques sont renversées et brulées en signe de protestation. Le cortège avance sur l'avenue suivi par une fumée âcre montant petit à petit vers les fenêtres du bureau de la maire. On entend des cris d'hommes, des tirs de feux d'artifices et une ligne de force de l'ordre armée de matraques et de boucliers repoussant les jets de pierres et la quelque vingtaine de manifestants extrêmement violent. « Il n'y a pas une seule femme dans le cortège et encore moins dans les casseurs ! » affirme la jeunette de Miss Wald avec sa douce voix ébahie face à l'évènement derrière la vitre. Madame la maire entend la remarque de la stagiaire mais les évènements ne choquent pas l'équipe technique, ni Miss Wald et la maire.

« C'est soft pour le moment », répond madame la maire. « L'autre jour, ils ont envoyé trois de nos policiers à l'hôpital dont une femme et deux hommes. Certains sont plus violents : ils suivent de jeunes policières jusqu'à chez elle pour leur faire du mal. C'est pour cela que l'Australie a décidé d'expérimenter le dispositif de policier-juriste de terrain. Nous devons nous protéger de ces comportements extrémistes... », madame la maire est coupée par l'exclamation surprise de Miss Wald qui aperçoit son assistant s'équipant d'une cagoule et d'un cocktail molotov dans l'angle de la rue. L'équipe technique, surprise par la réaction de leur chef, se précipite à la fenêtre pour observer la scène. « Regardez, il est là ! » s'exclame Miss Wald. Dans la brume de cendre, de gaz et de fumée, l'assistant de Miss Wald quitte l'angle de la rue, se met face aux policiers, envoie son bras en arrière pour armer son tir et lance, avec énergie, le cocktail molotov qu'il tenait dans sa main. Le produit vole sur quelques mètres avant d'exploser au pied de la ligne de front des forces de l'ordre. Miss Wald prend son téléphone pour appeler sa chef mais impossible de la contacter, elle décide de ne pas perdre de temps et appelle, à la suite, son chauffeur. Furieuse, elle se dirige hors du bureau de la Maire.

« Diego ! » fit Amandine surprise par son apparition. Elle le regarde, la bouche entreouverte avec un regard d'ahuri, s'installer à côté d'elle en poussant le sac qui l'occupait. Elle cherche une explication : « Que fais-tu là Diego ? » lui demande-t-elle. Il la regarde dans les yeux, pousse un petit rire en souriant comme si pour lui tout était normal. « Eh bien je viens suivre le cours de notre chère professeure d'histoire-politique comme tous les lundis matin », lui répond-il franchement. Elle reste stupéfaite, c'est la première fois qu'elle le voit dans ce cours. Elle se remet en question : elle sort seulement deux à trois fois par semaine pour se rendre à l'université. Il est alors possible qu'elle ne l'ait jamais croisé auparavant du fait qu'elle vient rarement à l'université mais seulement lors des examens ou de présentation bien spécifique comme celle qui va se produire aujourd'hui.

La professeure commence : « Je vais vous parler du travail d'un certain Mike Storock qui, au XXIème siècle, a écrit une thèse sur l'organisation sociétale et les relations humaines entre les hommes et les femmes depuis l'âge préhistorique : c'est dans lequel, il souligne le fait que les femmes ont besoin des hommes. Je vais m'en servir pour le cours ; commençons au commencement de l'espèce humaine. A la préhistoire, nos ancêtres avaient une espérance de vie très limitée et seuls les meilleurs pouvaient survivre dans ce monde sauvage. Sans technologie les femmes et les hommes devaient s'organiser minutieusement pour permettre la survie de l'espèce, de récentes recherches au temps de Mike Storock ont pu prouver que les femmes avaient une place matriarche au sein d'un clan. C'est par exemple, elle qui décidait de l'avenir de leur tribu pour permettre la continuité de l'espèce. Elles se devaient de se trouver l'homme le plus puissant, sur des critères très physiques, pour la reproduction. Selon lui, 80% des prétendants à la reproduction étaient écartés par les femmes et les 20% restants étaient partagés entre elles. C'est à l'invention de l'agriculture et des prouesses technologiques qu'il n'était plus seulement question de force. Laissant la chance à plus d'hommes de conquérir une femme voire des femmes, elles ont abandonné leur recherche du reproducteur parfait. C'est à ce moment-là que notre monde entra dans une ère patriarcale. Nous en subissons encore les conséquences aujourd'hui. Les hommes ont évolué pour toujours plaire, chacun plus qu'un autre, à une ou à des femmes dans le but d'avoir des relations. Pour être assuré d'avoir une relation saine avec une femme, les hommes ont inventé la famille modèle à la fin de la seconde guerre mondiale... », Amandine se laisse aventurer dans ses pensées dystopiques et romantiques sur le thème d'un monde patriarcal exemplaire, contrôlé et gouverné par les hommes.

Au-dessus de l'estrade, l'horloge holographique de l'amphithéâtre va afficher 12h00. A moitié endormis face au cours d'histoire, les étudiants restants dans l'amphithéâtre commencent à émerger de leur sommeil de réflexion. Amandine se relève et reprend connaissance, comme les autres, elle range son ordinateur portable dans son sac et se prépare à partir. A sa droite, Diego baille et s'étire. Ils se regardent. Amandine lui propose de venir manger avec elle au réfectoire du campus. Il regarde autour de lui l'air d'avoir oublié quelque chose, puis se retourne vers Amandine, souri et confirme sa présence. Ils sortent du rang et montent les marches pour quitter l'amphi à travers la foule d'étudiant sortant de l'enceinte du bâtiment.

Ils accèdent au dernier étage de la faculté, entre dans la cafétéria, prennent un plateau et se servent d'une entrée, d'un plat et d'un dessert. En cette belle journée d'été ensoleillée, ils s'installent sur une table en bois dans le jardin du toit. Au milieu de la table se dresse un mat métallique soutenant un voile de verre trempé avec revêtement anti-ultraviolet, protégeant ainsi les étudiants des rayons du soleil lors de leur pause déjeuner. Amandine regarde Diego manger et se souvient de la scène un peu atypique qu'elle a vécue en entrant dans l'amphithéâtre. Elle le fixe sans dire un mot pendant quelques secondes, il lève les yeux la fourchette dans la bouche. Amandine prend son courage à deux mains et très rapidement elle demande à Diego s'il connait le bougre qui l'a embrouillée dans l'amphithéâtre. Il sort la fourchette de sa bouche, pris sur le fait, il lui explique qu'il connait cet étudiant. Le bougre est l'un de ses camarades de classe depuis quelques années maintenant. Ils étaient très proche durant les années au collège. Cependant, Diego avait vu que son ami changeait depuis qu'il était la cible de moqueries dû à son premier échec de séduction auprès de la plus belle fille du collège. Elle lui aurait mis un râteau devant tous les élèves de sa classe. Depuis il haït les filles et n'hésite pas à s'embrouiller volontairement avec elles. Amandine comprend qu'elle n'est peut-être pas la seule à être tombée face à ce type et qu'elle a eu de la chance que Diego soit arrivé au bon moment. Le bougre n'aurait jamais réussi à faire du mal à une fille d'après les dire de Diego. Il fait peur mais ne vaut rien.

Ils finirent de manger et se levèrent. En regardant autour de soi, Amandine s'aperçoit que le bougre, assis à une table à l'intérieur de la cafétéria, les observe tous les deux d'un air rancunier.

Miss Wald quitte rapidement la mairie, monte dans la voiture et ordonne à son chauffeur de retourner à la 1T1 en évitant la manifestation de masculiniste.

Dans la voiture, elle tente à nouveau de contacter sa chef pour retrouver son assistant mais sans réponse. Stressé et irrité par ce qu'elle a observé, elle est déterminée à effacer la carrière de son assistant.

La voiture entre dans le parking sous-terrain de la chaîne, la présentatrice quitte la voiture précipitamment et monte dans l'ascenseur. Elle s'arrête à l'étage de la rédaction, demande à voir son assistant à la jeune fille de l'accueil. La jeune fille recherche l'historique du pointeur. Elle explique que l'assistant de Miss Wald est toujours présent dans la 1T1. Miss Wald souffle un coup, elle est pourtant sûre de l'avoir vu dans le cortège d'extrémiste. Elle tourne dans tout l'étage à la recherche de son assistant. Elle questionne ses collègues sur la présence de son assistant. Elle monte les étages à pied, regarde dans les salles de pauses, dans les open-spaces mais aucune trace de son assistant.

Miss Wald traverse le couloir de l'étage de la direction générale des ressources humaines et s'arrête devant les bureaux de ses collègues en charge de la vie professionnelle des apprentis et des nouveaux entrants. Elle leur rend compte de ce qu'elle vient de voir depuis le bureau de madame la maire de Sydney. Ses collègues effectuent une recherche depuis l'historique du pointeur. Elles restent perplexes face au propos de Miss Wald, le pointeur n'indique pas la même version qu'elle. Elles décident d'appeler l'assistant mais son téléphone sonne dans le vide. Elles retentent l'une après l'autre mais il ne décroche pas. Que lui est-il arrivé ? Miss Wald, exaspéré par la question, retourne vers l'ascenseur et descend au parking sous-terrain du bâtiment.

La porte de l'ascenseur s'ouvre, la jeune stagiaire sort du van, rejoint Miss Wald et lui rend sa tablette numérique. Miss Wald s'excuse face à sa stagiaire d'être partie précipitamment et sans son matériel. Il reste à Miss Wald quelques habitudes de jeunes journalistes telles que son dynamisme.

Elles remontent à l'étages de la rédaction, s'installent dans le bureau de Miss Wald et étudient les quinze minutes d'enregistrement pour en retenir seulement trois à cinq minutes.

Il est bientôt 13h et Miss Wald et la stagiaire n'ont pas pris leur pause déjeuner. Absorbées et passionnées par leur travail, elles s'autorisent une pause et descendent manger dans le restaurant au pied de la 1T1. Elles s'installent à une table au soleil sous un parasole anti-UV et discutent.

Amandine et Diego descendent les grands escaliers du hall central de l'EHPS en rigolant et se moquant de leur petite vie seuls dans leur studio. Diego passe son bras gauche dans le bas du dos d'Amandine et met sa main sur son bas du dos. Elle le laisse faire et tourne son regard en souriant en le regardant droit dans les yeux à chacune de ses fins de phrases. Ils sortent de l'établissement et se retrouvent sur la grande place étudiante du pôle universitaire de Sydney. Au-dessus d'eux, des toiles géantes ont été tiré pour protéger les étudiants des rayons brulant du soleil. Amandine et Diego continu leur chemin à l'ombre vers les arrêts de bus.

Dans la foule d'étudiants qui attendent le bus, Amandine et Diego doivent se quitter. L'emploi du temps de Diego est pris par un cours de droit en amphithéâtre dans l'EHPS. Il retire sa main et son bras du corps d'Amandine. Ils se souhaite de passer une bonne après-midi et se quittent en très bonne entente.

Le bus arrive, dans la foule d'étudiant, Amandine arrive à monter, badge sa carte à l'aide de sa montre connectée et se faufile à travers les passagers pour se trouver une place. Un bras écrasé contre la vitre du bus et l'autre contre un vieux monsieur obèse. Amandine observe la foule d'étudiant squattant l'arrêt de bus s'éloigner petit à petit. Parmi eux elle aperçoit un visage familier la fixant du regard. Elle ouvre grand les yeux, surprise, c'était le bougre ! Le bus tourne sur une autre avenue, elle ne le voit plus. « Et s'il tentait de me suivre ?», psychote Amandine. Elle commence à se faire de mauvais film dans sa tête puis elle est bousculée par le vieux monsieur dégoulinant de sueur. « La climatisation du bus ne fonctionne pas ? Ou tout d'un coup il fait vraiment chaud ? » se demande-t-elle. Sa psychose lui fait prendre une bouffée de chaleur, elle a du mal à respirer étouffé par le vieil obèse et, pour éviter le malaise, elle décide de changer son itinéraire et de descendre au prochain arrêt.

Elle descend du bus, son pouls battant anormalement vite et complètement essoufflée comme si elle avait couru un marathon. Elle se permet de s'adosser contre l'arrêt de bus auquel elle venait de descendre. Elle prend son temps pour réguler sa respiration en posant ses mains sur ses genoux, le regard vers le sol. Elle régule sa respiration, relève sa tête et entend des chuchotements de jeunes hommes venant de derrière l'abri de bus en verre. Elle comprend : « et celle-là ? tu la trouves comment ? », « parle lui ». Son pouls remonte dans les tours, pensant que l'on parle d'elle, Amandine décide de se relever et de se diriger vers sa résidence le plus rapidement possible.

Interrompus dans leur discussion, la directrice des ressources humaines vient faire de l'ombre à Miss Wald et lui apprend que son assistant est de retour. Il vient de passer son badge sur le pointeur. Miss Wald se lève furax mais sa collègue la retient et lui explique que son assistant est dans son droit, s'il souhaite manifester il peut, personne ne le lui interdit. La seule chose qu'il a omis c'est d'avertir sa responsable (Miss Wald) de son absence et de pointer avant son départ. La directrice des ressources humaines a prévu un rendez-vous dans son bureau avec l'assistant, ses trois heures d'absences lui seront décomptées de son salaire et il recevra un avertissement de licenciement.

Miss Wald se calme, se rassied, remercie la directrice des ressources humaines et finit son dessert.

La stagiaire et Miss Wald remontent dans le bureau finir l'activité qu'elles avaient entreprise et finissent leur après-midi en retournant voir la directrice d'antenne. « C'est parfait Léna ! Tu mérites de prendre ton après-midi, toi et ta nouvelle collègue. J'ai appris pour ton assistant, il est actuellement dans le bureau de la directrice RH. Je suis du même avis que toi Léna, ce genre de comportement ne devrait pas être toléré dans notre entreprise, surtout vis-à-vis de ton vécu personnel. », reprend la directrice d'antenne. Miss Wald, félicite sa stagiaire pour son intéressement et son aide tout au long de la journée. Elles quittent le bureau de la directrice et se dirigent vers la sortie de la 1T1.

Dans l'ascenseur, la jeune fille demande à Miss Wald de quelle expérience la directrice faisait-elle allusion ? Miss Wald explique calmement comment elle a rencontré son prince charmant.

Que ce monde, peut-être injuste pour une minorité, peut sourire à cette minorité et lui apporter du bonheur. De qu'elle minorité parle-t-elle ? Des hommes et des femmes qui ne trouvent pas l'amour et qui seraient prêt à manifester contre cela, semble-t-il. Elle demande le prénom de sa jeune stagiaire : « Je m'appelle Abigaelle » lui répond-elle. « Comme habibi ? », coupe Miss Wald, « ce qui signifie mon amour en arabe », en lui lançant un sourire et un clin d'œil d'affection. La stagiaire est impressionnée par le savoir de sa tutrice et ne sait quoi répondre. Miss Wald, s'intéresse à sa nouvelle copine, elle lui pose des questions personnelles sur son âge et ses relations avec les garçons. Abigaelle a 16 ans, elle rougie et nie une quelconque relation, elle a bien eu des vues sur l'un ou l'autre garçon de sa classe mais n'ose pas se lancer. Elle craint de tomber sur quelqu'un qui lui ferait du mal. Miss Wald se permet de lui raconter l'un de ses souvenirs : « Il y a un peu plus de cinq ans maintenant, la 1T1 m'a envoyé au Moyen-Orient faire un documentaire sur les restes des constructions pharaoniques d'Arabie

Saoudite. C'étaient mes débuts dans le journalisme et le reportage télé. En plein désert et face au site de The Line par exemple, la chaleur était si insupportable que certains membres de l'équipe de tournage ont fait des malaises et ont dû être remplacé. C'est ce jour-là, sur le haut d'une dune, face au projet utopique que j'ai fait la connaissance de mon petit-ami. C'était un homme pas très robuste, il avait 24 ans si je me souviens bien, il venait remplacer notre garde du corps parti à la retraite. J'ai connu ça, tout comme toi, le fait de se demander si l'homme en face de toi est là pour ton bien ou pour son bien. Nous étions très distants, au début, puis les reportages nous ont rapprochés, le fait d'être de la même génération aide aussi je ne te le cache pas. Et nous avons vécu des aventures, j'ai pu lui faire confiance et aujourd'hui nous vivons ensemble. Quelquefois, il faut être patiente pour trouver le bon. »

L'ascenseur s'ouvre sur le palier du rez-de-chaussée de la 1T1, elles sortent sur le palier comme de bonnes amies. Miss Wald regarde sa future collègue et la rassure : « Ne t'en fais pas, ils ne sont pas tous comme mon assistant, rentre bien et passe une bonne après-midi. »

Marchant dans la rue depuis bientôt quinze minutes, Amandine, crispée par ce qu'elle avait entendu il y a peu, se retourne pour la première fois et vérifie que personne n'est derrière elle en train de la suivre. Dans cette grande rue, bien vide, de chaque côté du trottoir se dressent de grands immeubles résidentiels illuminés par ce soleil d'après-midi estivales. Oubliant ses lunettes de soleil, ce matin en partant de chez elle, Amandine, éblouie par le soleil, met sa main sur son front pour créer de l'ombre. Elle observe le trottoir de gauche puis celui de droite, quelques personnes sortent des rues parallèles à une cinquantaine de mètres d'elle. Pas de trace du bougre, ni de groupe qui pourrait nuire à la journée d'Amandine. Elle se retourne et continu son chemin vers sa résidence qui se situe qu'à quelques centaines de mètres.

Soudain, une ombre remplit l'entièreté de la rue et la façade des immeubles adjacents sur plus de trente mètres de haut. Amandine surprise par le manque de luminosité, s'arrête pour observer ce qu'elle pense être le début d'une éclipse. Elle peine à distinguer ce qui la plonge dans le noir, elle se retourne pour voir où elle marche pour ne pas trébucher. Quelque chose vibre au-dessus d'elle, la curiosité la guette. Elle tourne sa tête une nouvelle fois sans s'arrêter et lève les yeux au ciel. Elle est surprise par un géant du ciel s'approchant dangereusement de la cime des immeubles. Cette énorme dirigeable cargo de l'entreprise Murray, spécialisée dans la livraison à domicile de marchandises pour particuliers et professionnels, perd de l'altitude et se dirige droit vers le sommet des immeubles de la rue où se trouve Amandine. Elle fait mine de trébucher sur la route et se retrouve au milieu de celle-ci en retrouvant son équilibre. Les vrombissements de cette masse volante deviennent de plus en plus audibles. Amandine ne doit pas rester là. Dans l'obscurité créée par le dirigeable, elle se met à courir le plus rapidement possible vers sa résidence. Elle l'entend se rapprocher, des bruits de gravats et de verre brisé se font entendre trente mètres au-dessus des oreilles d'Amandine, le dirigeable commence à frotter les toits des immeubles. Des matériaux et des débris de dirigeable commencent à tomber du haut des 15 à 20 étages qui les séparent de la route. Ils viennent se fracasser en plusieurs milliers d'éclats une fois touché le sol. En emportant tout avec lui, le géant du ciel créé un énorme nuage de poussière qui descend petit à petit dans la rue. Amandine arrive devant sa résidence, se jette contre la porte et continue sa course au fond du couloir, loin des portes en verre de sa résidence.

Les lumières du hall de sa résidence s'allument comme si la journée était terminée. Amandine observe la rue extérieure depuis sa cachette derrière un mur avant les cages d'ascenseur. Elle voit l'obscurité envahir la rue, un fin nuage de poussière puis un tremblement de terre. Les lumières se mettent à clignoter et dans un grand fracas, Amandine se retrouve dans l'obscurité totale. Dehors, quelques rayons du soleil arrivent à pénétrer le nuage grisâtre de poussière. Après quelques secondes dans le noir total du rez-de-chaussée de la résidence, les lumières se rallument. Qu'a-t-il bien pu se produire là en haut se demande Amandine ?

Le nuage de poussière est poussé par les vents, la lumière revient petit à petit dans la rue mais toujours obstruée par l'objet immense qui se trouve à 30 étages au-dessus de la tête d'Amandine. Elle s'avance vers les portes d'entrées de sa résidence, des débris tombent encore aléatoirement sur le trottoir et au milieu de la route. Elle ne pourra plus sortir de chez elle pendant un moment sans prendre le risque de se faire assommer, voire de mourir. Elle rejoint l'ascenseur, l'appelle et monte sur le palier de son studio. Elle ouvre la porte de son studio et par chance le dirigeable n'a pas fait de dégât dans son petit cocon de $10m^2$. Elle s'avance devant sa fenêtre, dans le coin du haut-droit elle aperçoit le nez du géant de carbone totalement immobile. Elle décide d'y voir un peu plus clair. Elle quitte son studio et monte sur la terrasse de sa résidence, au dernier étage.

Posé sur l'immeuble d'en face, Amandine observe le dirigeable Murray, bloqué dans sa course contre le mur de sa résidence. Amandine traverse la terrasse du dernier étage, les serres qui sont à l'ombre du géant, pour s'approcher de l'engin. C'est la première fois qu'elle voit un dirigeable cargo d'aussi près. Elle observe la machine qui aurait pu lui porter atteinte et préjudice. Pourquoi s'est-il écrasé ici ? Amandine est prise ponctuellement d'une paranoïa. Et si quelqu'un avait attenté à sa vie ? Le bougre ? Comment peut-elle arriver à tirer une conclusion pareille ? La journée fut chaude et le soleil brulant, une insolation ou un manque d'hydratation n'est pas rare dans ce type de climat. Amandine décide de quitter la terrasse et de redescendre dans son studio. Elle part prendre une douche, se rafraichir et se reposer. La journée fut spéciale.

Miss Wald attend son chauffeur privé sur le parvis de la 1T1, mélangé parmi les autres habitants de Sydney attendant le bus ou leur taxi. Elle observe l'avenue, tôt ce matin, infestée de militants masculistes pacifistes. Des restes de banderoles déchirées trainent sur la route, se font écraser par les piétons et les bus. Elle voit son chauffeur, s'éloigne un peu de la foule et lui fait signe. Elle monte dans la voiture sans aucun problème et demande qu'on la ramène chez elle.

La voiture s'avance dans l'allée Almora jusqu'à devant la maison de Miss Wald. Le moteur s'arrête, Miss Wald met un pied à terre, sort de la voiture et laisse le vent caresser ses joues au milieu des beaux arbres de jacaranda aux fleurs violettes. Elle ferme les yeux un instant, respire l'odeur des fleurs soufflées par le vent.

Elle pousse la portière de la voiture pour la fermer et laisse son chauffeur partir. Elle entre sur sa propriété, traverse une petite allée de cinq mètres pavées de plusieurs dalles en béton. Derrière cette allée et caché par le très beau jardin forestier de Miss Wald, se dresse une maison à l'extérieur en brique couleur sable, s'étendant sur deux étages (rez-de-chaussée compris) et décorée d'un bois blanc autour de chaque encadrement de fenêtres, de portes et de baies vitrées. Miss Wald avait bénéficié d'un plan d'urbanisation de la ville visant à retirer les constructions trop anciennes dans le quartier en construisant de l'immobilier neuf. Un architecte, payé par la ville de Sydney, avait dessiné chaque maison du quartier à la demande des futurs propriétaires. Ceux sont des maisons contemporaines, ayant des propriétés géométriques très strictes et simples. Elles ont été fabriquées et livrées en moins de deux semaines à l'aide de l'avancée technologique de l'autonomie des machines.

Miss Wald monte sur le parvis de sa belle maison Australienne. La porte se déverrouille à l'approche de Miss Wald, elle entre dans sa maison et traverse un petit couloir sombre reliant l'entrée de sa maison à la pièce principale. Elle monte deux marches pour arriver dans son énorme séjour de $40m^2$ entouré d'une grande baie vitrée lumineuse sur les trois autres faces de la pièce. La baie vitrée mesure pratiquement quatre mètres de haut, une mezzanine au premier étage permet d'avoir une vue sur la mer.

Miss Wald s'avance au milieu de la pièce, dépose ses affaires sur la table à manger et est interpelée par des objets posés à l'autre bout. Intriguée, elle se dirige à l'extrémité de la table, c'est une lettre ouverte laissant dépasser une carte magnétique ainsi qu'une fleur de jacaranda. Ce ne peut être que l'œuvre de son compagnon se dit-elle. Elle sort la carte magnétique de son enveloppe et le papier qui y est encore à l'intérieur. Sur le papier, elle peut lire : « MyriamAir, 1 vol aller-retour, 2 personnes, Sydney Tower Airport <-> Ross, du 10 au 17 Février 2142 ».

C'est la preuve d'achat des billets pour passer ses vacances à l'archipel de Ross. Elle retourne la carte magnétique, il est écrit : « 112 – Ross Luxuary Home » avec le symbole de marque de la RLH. Miss Wald, se mordit les lèvres en souriant, les yeux remplis de joie, elle remet le papier et la carte dans son enveloppe, repose le tout sur la table et lève son regard ébahi sur l'horizon du Pacifique.

Amandine allume son ordinateur portable. Depuis l'écran tactile de ce petit objet pliable, elle regarde les informations à la une défiler sur l'écran. Elle s'arrête sur le titre « Murray contraint de payer plusieurs millions de dollars de dédommagement », l'article l'intrigue. C'est peut-être en rapport avec l'accident survenu il y a peu. Elle ouvre la page de l'article et lit :

« Un grave incident technique a eu lieu lorsque le système de navigation d'un dirigeable a dévié de sa trajectoire prévue, entraînant des dommages importants dans un quartier résidentiel de Sydney. Les habitants du quartier ont été surpris par l'énorme engin qui a arraché les toits de leur résidence et s'est finalement posé dessus, causant des dégâts matériels considérables. L'entreprise propriétaire du dirigeable est désormais confrontée à une facture de plusieurs millions de dollars pour les réparations des résidences endommagés.

Pour rappel, l'incident s'est produit le mois dernier lorsque le dirigeable, qui effectuait un vol de routine au-dessus de la ville, a soudainement perdu son signal GPS et a commencé à dévier de sa trajectoire prévue. Les résidents du quartier ont été témoins d'une scène chaotique alors que le dirigeable percutait les toits des immeubles et les détruisait sur son passage. Les débris volaient dans toutes les directions, semant la panique parmi les habitants.

Les équipes de secours et les autorités locales sont rapidement intervenues sur les lieux pour assurer la sécurité des résidents et évaluer l'ampleur des dégâts. Les bâtiments touchés ont subi des dommages structurels importants, tandis que les immeubles voisins ont également été touchés par les débris et les vibrations causées par l'atterrissage forcé du dirigeable.

Selon les premières investigations, le dysfonctionnement du système de navigation GPS du dirigeable serait dû à une défaillance technique. Les experts affirment que des erreurs de programmation ou un mauvais entretien pourraient être à l'origine de cet incident. Une enquête approfondie a été lancée pour déterminer les responsabilités exactes.

L'entreprise propriétaire du dirigeable, Murray, est maintenant confrontée à une situation financière critique. Les dommages causés aux résidences et aux immeubles s'élèvent à plusieurs millions de dollars, et les résidents demandent réparation pour les pertes subies. Les avocats des habitants ont déjà entamé des procédures judiciaires afin de faire valoir leurs droits et d'obtenir une indemnisation adéquate.

La patronne de Murray, Jess Bezara, a exprimé ses regrets et s'est engagée à coopérer pleinement avec les autorités pour résoudre cette situation. Elle a également promis de prendre en charge tous les frais de réparation nécessaires et d'indemniser les résidents touchés.

Cet incident soulève également des questions plus larges concernant la sécurité des dirigeables et l'importance d'un entretien régulier et rigoureux des systèmes de navigation. »

Amandine est plus sereine, elle qui pensait que quelqu'un était derrière elle et lui voulait du mal. Elle n'avait pas osé en parler à Diego les jours suivant l'incident, de peur qu'il la prenne pour une parano. Elle n'en a pas non plus parlé à ses parents qui l'ont appelé très rapidement et avec inquiétude, après avoir pris connaissance de l'incident. Se souvenant de l'appel avec ses parents la semaine passée, elle se rappelle que leur visioconférence quotidienne est prévue pour ce milieu de semaine. Ayant caché la vérité à ses parents, Amandine se souvient leur avoir menti en leur racontant qu'elle se trouvait encore à l'université lors du crash du dirigeable contre sa résidence.

Elle lance la visioconférence sur son ordinateur portable et attend que ses parents se connectent. Doit-elle leur parler de la vérité, se demande-t-elle. La vérité sur le fait qu'elle pensait être suivie par quelqu'un de malveillant. La vérité est qu'elle fréquente un jeune homme qu'elle ne connaît pas encore très bien. La vérité sur son envie d'être libre et indépendante dans un monde qui prône la liberté féminine.

"Bonjour ma chérie", font en cœur la mère et le père d'Amandine à plus de 10000 km de chez elle.

Amandine les salue en retour d'une petite voix fatiguée. "Nous ne te dérange-on pas trop ?", demande sa maman inquiète de la santé de sa fille. Amandine donne son emploi du temps ; elle a des révisions à faire pour préparer ses premiers examens de ce début d'année et souhaite commencer ses travaux communautaires avant la fin de la semaine. Elle demande de leurs nouvelles en France. La maman prend la caméra et la place près d'une fenêtre : l'image en 8K retranscrite à travers la vitre de la chambre de ses parents montrent un énorme cumulus orageux sombre s'apprêtant à faire battre la foudre sur les grandes tours d'une zone commerciale au nord de Strasbourg. Un train à grande vitesse passe à ce moment-là au loin proche des anciens silos à grain du grand-père d'Amandine. Elle le reconnaît grâce à ses lumières dans le début de pénombre provoqué par le nuage et les tours du centre commercial, et aussi parce que la ligne grande vitesse passe entre la zone commerciale et leur quartier résidentiel depuis les années 1970.

« Regarde dehors », dit la mère, « une tornade de grêle est passée dans le champ de ton grand-père hier matin et a emporté la moitié de nos cultures. C'est la troisième fois depuis le début du mois qu'un orage suivi d'un ouragan s'abat sur la région. Certains drones de l'entreprise familiale ont été endommagés et se sont écrasés un peu plus loin si tu regardes bien. Ça en devient très inquiétant. Et chez toi ma grande ?". Amandine parle du soleil chaud et brûlant sur la peau, il est difficile de sortir sans protection contre les rayons du soleil entre midi et 16h. Elle enchaîne rapidement sur l'histoire du dirigeable échoué contre son immeuble, il a été en partie démantelé par l'entreprise responsable. Elle envoie une photo, prise depuis le dernier étage, du dirigeable posé contre sa résidence avec une dizaine de drones ouvriers le désassemblant pièce par pièce. En parlant de sortie, Amandine leur raconte qu'elle se rend plus d'une fois par semaine à l'EHPS et qu'elle aimerait faire comme tous les jeunes de ce pays : aller à l'université sans se cacher. Ses parents lui demandent de développer : " Je commence à apprécier d'aller en cours en présentiel, je trouve ça beaucoup moins monotone que de rester derrière l'écran toute ma journée. Puis j'ai beaucoup progressé en Anglais et j'arrive à communiquer aisément avec d'autres étudiantes.", déclare Amandine. Ses parents, étonnés par la demande, ne dérogent pas à la demande de leur fille et lui rappellent de rester prudente et de ne pas s'abandonner à des jeux dangereux d'alcool ou de drogue. "Amandine, nous voyons bien que ton niveau d'anglais s'est nettement amélioré depuis ton départ de la maison. Seulement, nous aimerions que tu puisses finir les études que nous te payons, nous serions tellement heureux de te voir travailler dans l'entreprise familiale, tu en as tellement rêvé qu'il serait temps que ça devienne réalité.", rappelle la mère d'Amandine. Son père prend la parole : "Je suis très fier de toi, mon ange, je prépare ton bureau pour ton retour en France, tu seras nommée assistante des affaires étrangères dans l'entreprise à mes côtés, il faut que tu sois suffisamment prête pour prendre ce poste. Je compte sur toi ! Fais-toi des amis, oui. Dans le cas contraire, il vaut mieux rester seul que mal accompagnée."

Sur ses dernières paroles, ils se quittent, accordant à Amandine le droit d'aller plus souvent à l'EHPS et d'indirectement, voir plus souvent Diego.

Amandine se couche sur son lit, fier de ce que

pensent ses parents, elle met ses deux bras derrière sa tête, réfléchit puis sourit. Un jour, elle devra parler de sa relation avec Diego si cette dernière va plus loin. Comment l'annoncera-t-elle ? Elle réfléchit à sa liberté, puis en repensant aux événements passés, elle se rappelle que sa liberté à un prix et c'est celle de se faire des ennemis aussi.

Miss Wald, assise sur le plateau du journal télévisé universel du matin, est prête pour s'exprimer face caméra sur les nouvelles informations en ce mardi matin 6 février 2142. Les techniciens de plateau mettent en place le prompteur, Miss Wald est briefée une dernière fois sur les dernières actualités pour qu'elle ne soit pas surprise une fois en direct. Le plateau est vidé petit à petit, les caméras se placent sur leur point zéro prête pour se mettre dans le champ de Miss Wald à la fin du générique. Miss Wald prend une grande inspiration. Le générique se lance et les caméras descendent petit à petit face à la présentatrice :

« Mesdames, mesdemoiselles et monsieur, bonjour ! Nous sommes le mardi 6 février 2142 au matin, le sommaire aujourd'hui : un accident de drone fait cinq morts parmi le conseil parlementaire australien, l'Australie devient le pays le plus sûr du monde, l'Outback terrain de jeu pour les entreprises du secteur énergétique, les feux de forêt monnaie courante dans l'hémisphère sud reportage spécial. Plus localement maintenant : la loi de sécurité renforcée dans les rues est enfin adoptée, Sydney devient la première ville à employer ses policiers et policières spéciales aux droits illimités nous y reviendrons après l'actualité en ce début de semaine. Tout le pays est sous le choc, un drone de l'entreprise Murray a perdu contact avec sa tour de contrôle et s'est abattu dans une foule de parlementaires ce lundi matin. Le bilan reste de 5 morts, tout de suite, retrouvez nos envoyés spéciaux en direct pour la prise de paroles de La Maire de Canberra. » Les caméras se coupent et le monteur envoie le direct du discours de madame la maire de Canberra ainsi que des députés aux parlements qui dénoncent l'aberration de cette erreur technique et du décès tragique de leurs collègues.

Miss Wald est remaquillée, ses gouttes de sueur sont enlevées de son front pour ne pas luire face aux caméras. Le direct prend fin et les caméras se rallument face à la présentatrice. « Je présente toutes mes condoléances aux familles et proches de nos parlementaires tués lors de cet accident. Une minute de silence a été déclarée à 11h précise aujourd'hui en mémoire des victimes. Un point géopolitique maintenant et paradoxe avec l'actualité en ce début de semaine ; l'Australie est considérée comme le pays le plus sûr sur terre par la Coalition elle-même. À la suite de la réussite et l'adoption de la nouvelle loi de sécurité intérieur australienne, des membres de la Coalition souhaitent féliciter nos parlementaires, ils seront dans notre pays d'ici la fin de la semaine pour remercier nos politiciennes de leur avancée en matière de législation et de droits humains. Environnement maintenant, les entreprises du secteur de l'énergie créent des prototypes de génératrice écologique afin de créer de l'énergie depuis l'Outback qui est devenu invivable depuis les fortes chaleurs qui y sévissent chaque été. Un reportage signé par nos meilleurs journalistes. » Les caméras se relèvent et laissent place aux maquilleuses pour refaire une beauté à Miss Wald.

L'équipe technique quitte le plateau, les caméras se replacent et le direct continue : « Les avancée technologiques n'ont fait que progresser depuis une centaine d'années mais les feux de forêt eux sont devenus une plaie pour notre planète, feu volontaire, incontrôlé ou misanthropique, découvrez ce nouveau reportage spécial révoltant ! »

Amandine entre dans l'amphithéâtre centrale de l'EHPS. Elle descend les marches et aperçoit Diego déjà installé. Elle le rejoint. Elle s'installe à côté de lui et observe ses expressions faciales. Ses yeux sont rivés droit vers le mur de scène de la salle. Il ne l'a même pas vu s'installer. Que lui arrive-t-il se demande Amandine ? Elle s'assied et lui donne un petit coup de coude pour le réveiller. Il sursaute l'air morose et la salue à son tour puis replonge dans ses pensées. « Tu vas bien ? », lui demande Amandine. Il la regarde l'air fatigué, il lui explique qu'il n'a pas réussi à dormir la nuit dernière et que cela se répète depuis le décès de sa grand-mère il y a trois jours. Amandine est désolée, elle ne souhaitait pas le déranger dans son deuil. Il la rassure et ils suivent le cours qui commence.

Pendant le cours de géopolitique, Diego gribouilles des choses sur ses feuilles. Amandine tente de zyeuter les notes de son camarade mais elles sont cachées par son bras bronzé du soleil d'été australien. Elle tente de l'interpeller en lui donnant un nouveau coup de coude : « est-tu sûr que tu vas bien ?? » redemande avec insistance Amandine. Diego prend sa feuille et en déchire une partie pour écrire quelque chose sur ce bout de papier. Amandine ne comprend pas, elle se lève pour regarder les écrits de son ami en mettant ses deux mains sur la table pour se soulever au-dessus du bras. Mais Diego, offusqué, retourne le papier et d'une seule main, il lui prend l'épaule, y applique une faible pression pour l'inciter à se réinstaller et fait baisser le regard curieux d'Amandine. « Qu'est-ce qui t'arrive à toi, aujourd'hui ?? » Amandine confuse est offensée par le geste de domination de son camarade.

Diego se met à parler : « Ecoute, j'ai passé une très mauvaise nuit, je gobe très mal le décès de ma grand-mère et là j'ai besoin de prendre l'air ». Il se lève, dans l'incompréhension la plus totale d'Amandine, il quitte sa place, remonte l'amphithéâtre et quitte la salle. Amandine, bouche bée de la rapidité du répondant de son ami, se calme pour assister au cours et au contrôle de connaissances qui en suit. En se replongeant dans ses notes, elle remarque le bout de papier déchiré de Diego retourné sur la face vierge en plein milieu de l'écran de sa tablette électronique. Curieuse de savoir ce qu'a pu écrire Diego à l'arrière de ce papier, elle le prend et le retourne. Elle peut-y lire : « Désolé de te faire mauvaise impression, retrouve-moi sur le toit après ton épreuve ». Amandine, souffle, elle ressent une vague de chaleur en elle et son cœur battre de plus en plus, serait-elle amoureuse ?

Marchant seule dans les grands couloirs de la 1T1 traversés par un fin rayon de soleil jaune. Miss Wald, dans sa robe moulante blanche rosée, balançant doucement ses bras fins le long de son corps au rythme de ses pas. Traversant un couloir, puis un autre, elle s'arrête devant la machine à café placée dans un couloir en T avec fauteuil et table pour se reposer. De son index élégant coloré d'un vernis rose écrémé, elle choisit de se commander un cappuccino sans sucre en cliquant sur l'écran de commande. La machine vibre puis un clapet électronique s'ouvre, un petit bras mécanique fait sortir le gobelet rempli de café. Miss Wald prend une petite cuillère en bois, elle la plonge dans son café et sort le gobelet de la machine. Elle quitte le couloir de repos, café à la main, l'autre main remuant la cuillère pour refroidir le liquide. Elle monte le gobelet jusqu'à sa bouche, levant le petit doigt, boit deux petites gorgées chaudes puis entre dans son bureau. Elle regarde son écran tactile incrusté dans la table lui rappelant qu'elle attend la visite de Madame Jess Bezara pour une interview spéciale en ce jeudi matin 8 février 2142.

Abigaelle entre dans le bureau de Miss Wald, elles se saluent mutuellement. En la suivant du regard, Miss Wald observe sa stagiaire déposer son sac à dos derrière son bureau. La directrice d'antenne l'avait briefée sur la venue de la jeune fille et sur sa présence lors de l'interview avec la patronne de Murray. Elle propose à sa seconde de l'accompagner sur le parvis de la tour de la 1T1 rechercher leur invité du jour. Elles quittent le bureau et montent dans l'ascenseur. "Tu en es où dans ton stage ?", questionne Miss Wald. Abigaelle lui répond que demain sera son dernier jour à la 1T1. "Ce que tu as vu et fais t'ont donné envie de revenir ?", demande curieusement sa tutrice. Abigaelle sourit, elle est fière que sa tutrice soit aussi curieuse, elle qui était sur la réserve lors de leur première rencontre. Elle sait que le caractère de Miss Wald est particulier, la voir sur des écrans est tout à fait différent que de la voir en vrai. Mais passer du temps avec elle, et potentiellement ses futurs collègues, lui a permis de découvrir un environnement de travail qui lui conviendrait ; un environnement de femmes, contrôlé par les femmes, un esprit de travail individuel et pointilleux.

Les portes de l'ascenseur s'ouvrent sur le grand hall d'entrée de la tour 1T1. Miss Wald et sa stagiaire quittent la cabine et se dirigent vers la porte extérieure du bâtiment. Sur leur chemin, Miss Wald est saluée par plusieurs de ses collègues, certains de la rédaction, de personnes qu'elle ne connaît pas venant d'autres corps de métier de l'entreprise ou de sous-traitants. Abigaelle se sent fier de marcher au côté d'une personne aussi reconnue que sa tutrice. Miss Wald reste concentrée sur son objectif d'accueillir la patronne multimilliardaire de l'entreprise Murray. Elles passent le sas d'entrée et se laissent caresser par les premiers rayons de soleil matinaux. Descendant les premières marches du parvis de la 1T1, elles s'avancent entre les barrières métalliques et les agents de sécurité qui protègent le couloir éphémère créé pour l'arrivée exceptionnelle de la première puissance mondiale. Des journalistes indépendants et photographes filment l'événement à l'aide de lunettes optiques et de petits drones perches volant quelques mètres au-dessus de leur tête. D'autres habitants attendent une possible dédicace et autographe de la femme la plus puissante du monde en tendant les derniers livres écrits par cette dernière.

Une grosse limousine aux vitres teintées de noir s'avance sur la chaussée et place la porte arrière au centre du couloir éphémère. La porte s'ouvre, une colosse, treillis paramilitaire, cheveux attachés, lunette noire, combinaison pare-balle, béret vert sur la tête et fusil d'assaut en bandoulière, sort du véhicule et se place à côté de la portière. Deux autres femmes armées sortent pour protéger le véhicule. Protégée par son armada paramilitaire féminine, Jess Bezara sort doucement de sa voiture sous les cris aiguës d'admiration de ses fans et des micro-drone survolant la foule. Debout à côté de son colosse, madame Bezara paraît très petite. À 1,66 m au-dessus du sol, la petite taille de la chef d'entreprise ne passe pas inaperçue. Ses cheveux longs et noirs, sa peau bronzée et pigmentée d'origine mexicaine, ses lèvres gonflées, une paire de lunettes de soleil cachent ses yeux. Sa chemise blanche à col ouvert fait ressortir ses seins soutenus par un 96D. Les yeux de Miss Wald descendent le long du corps de madame Bezara pour analyser le personnage qui s'approche d'elle. La multimilliardaire porte une ceinture ornée d'un ceinturon en or et d'un pantalon en toile beige faisant ressortir ses formes triangulaires et ses cuisses proportionnelles à la taille du haut de son corps. C'est une personne à la totale inverse physique de Miss Wald et d'Abigaelle.

Jess Bezara vient à la rencontre de la jeune présentatrice, elle lui tend la main comme signe de politesse. Une poignée de main ferme s'échange entre nos deux protagonistes. Jess Bezara salue en plus la jeune stagiaire qui se cache timidement derrière sa tutrice. Les femmes s'avancent dans le couloir éphémère pour rejoindre l'intérieur de la 1T1. Sous les exclamations des fans et les demandes intempestives des journalistes derrière les barrières de sécurité, madame Bezara poursuit son chemin suivi de Miss Wald, d'Abigaelle et d'une équipe de trois colosses féminines armées pour défendre la femme la plus puissante sur terre en ce 22ème siècle.

Elle court dans les escaliers pour monter sur le toit de l'EHPS. Assis sur une table dans le hall de la cafétéria, Diego finit de boire sa boisson énergisante. Amandine, un peu stressée et épuisée par la montée des marches, s'assied en face de son ami. Elle le questionne : « Pourquoi pars-tu comme ça ? » « T'ai-je énervé ? » « Il y a quelque chose d'autre dont tu souhaiterais me parler ? ». Diego pose le contenant vide de sa boisson et s'explique : « Je n'ai vraiment pas souhaité te faire du mal mais je ne savais pas comment t'expliquer les choses. » « Pardon, elle rime à quoi ta phrase ? » Amandine énervée. « En fait, si tu veux savoir la vérité, il me semble que ça ne t'a pas échappé l'accident qui s'est produit ce week-end sur la place du parlement à Canberra ? », Diego questionnant son amie. « Oui je l'ai vu dans les news en début de semaine. Un accident de drone survenu sur des députées du parlement australien... », la voix d'Amandine s'affaiblit, « ... ne me dis pas que ... ta grand-mère y était ?? ».

Diego hoche la tête fermement : « Elle faisait partie des cinq députées du parlement australien, ce jour-là elle s'y rendait pour débattre de la nouvelle loi qui va sortir sur l'autorisation à la police d'exercer un droit de jugement lors d'arrestations ou d'opérations de police. » Amandine prend les mains de Diego par compassion et montre son soutien dans le deuil de sa grand-mère. « Je ne savais pas que ta grand-mère occupait une place particulière au gouvernement. », s'exclame Amandine. « Nous n'avons pas le même nom, c'est pour cela », sourit brièvement Diego. Amandine lui sert les mains et lui sourit en retour. « Et si ce n'était pas un accident, tu as envisagé le fait que ça puisse être un attentat des suites de la mise en place de notre nouveau gouvernement féministe le mois dernier ? », le questionne Amandine. « Je ne sais pas quoi en penser, ce n'est pas mon travail de le savoir. Ce que je sais en revanche c'est que ça ne leur a pas empêché d'acter cette nouvelle loi ! », s'exclame plus ouvertement Diego.

« Oui si le gouvernement se tourne plus ouvertement vers le droit des femmes et leur place primordiale dans notre société, je peux comprendre que cette loi est un tournant dans l'histoire, elle est censée apporter la sécurité pour les femmes indépendantes, apporter la sécurité dans la rue et le respect des femmes de jour comme de nuit. Tu sais très bien pourquoi mes parents ne veulent pas que je vienne en cours présentiel tous les jours même si grâce à toi, je me sens mieux dans toute cette foule d'étudiants. », explique Amandine.

« Non pas totalement, c'est une nouvelle loi pour faire de la répréhension dans la rue, c'est le début d'une dictature de misandrie. Regarde-toi, tu crains les hommes parce notre société féministe nous montre que les hommes peuvent être violent. Depuis que l'on se connait tu viens de plus en plus en présentiel à l'université. Ce n'est pas une coïncidence s'il ne t'arrive rien ici c'est parce que personne ne te veut du mal. », rétorque Diego aux propos selon lui inexacte d'Amandine.

« Et le bougre du mois dernier, tu le place où dans ton histoire ?? » questionne violement Amandine.

« Je ne crois pas l'avoir revu depuis votre petite altercation. Il t'embête encore ? », répond Diego.

« Je l'ai peut-être aperçu de loin depuis mais nos regards ne se sont plus croisés, ça n'a plus d'importance ».

« Maintenant que tu commences à t'y faire avec les étudiants sur le campus, j'aimerais t'emmener à une soirée la semaine prochaine. Il y aura de tous les genres d'étudiants, tu pourras y faire de nouvelles rencontres amicales si tu le souhaites. », lui propose Diego.

Amandine réfléchit à sa réponse : « J'accepterais volontiers mais mes parents vont très fortement me déconseiller de te rejoindre ce soir-là, j'ai une visio-conférence quotidienne avec eux et je vais devoir leur parler de toi un jour ».

« Amandine, tu n'es pas obligée de leur en parler, tu es majeure et en droit de faire ce que tu veux dans ce monde, avec moi tu peux me faire confiance », reprend Diego.

« C'est vrai, mais il me faut de quoi leur prouver que tu es digne de leur confiance, je te connais depuis un mois maintenant mais je ne t'avais jamais vu avant ce début d'année en cours à l'EHPS. Je suis arrivée en Australie il y a quatre mois maintenant pour les études et lors de mes premiers examens l'année précédente je ne t'ai jamais vu. Une question m'obsède : d'où viens-tu ? », demande Amandine à son copain, curieuse de sa réponse cruciale à sa confirmation pour sortir avec lui pour la première fois.

« C'est difficile à expliquer, j'ai été employé dans une entreprise de communication très connue et la mentalité au sein du groupe ne me correspondait pas. Quand j'ai eu l'opportunité de partir je l'ai fait. Puis pour ne pas retourner chez mes parents, je me suis inscrit dans la semaine à l'université de Sydney. Cela fait un moment que j'ai aménagé dans la même résidence que toi, seulement nous nous sommes peut-être croisés sans le savoir à plusieurs reprises, bien avant ton accident. », répond Diego avec honnêteté.

Amandine, surprise de la réponse de son copain et de son honnêteté, accepte, elle a confiance en Diego et ne souhaite pas finir ses jours dans son petit studio et dans les derniers étages de sa résidence à cultiver des fruits et légumes.

Miss Wald monte sur le plateau accompagnée de madame Bezara. Des sièges s'avancent automatiquement autour d'une table en verre posé au milieu du plateau. Miss Wald se place devant l'un des sièges, se retourne et sans regarder où elle s'assied, elle met ses mains sur sa robe et descend dans le siège (le siège s'avance en même temps jusqu'à frôler les mollets de la présentatrice). Elle propose à la patronne milliardaire de faire de même dans le siège opposé. Elle descend très doucement dans le siège qui se place derrière elle, avec précision, pour améliorer le confort d'installation de la personne. Un assistant plateau vient leur apporter leur café préféré. Avant le début de l'interview, Jess Bezara souhaite s'entretenir avec Miss Wald sur les questions qui vont être posées lors de l'entretien en direct : « Madame Wald, nous allons mettre quelques points au clair avant le début de l'interview. » Miss Wald tend ses oreilles et l'écoute. La multimilliardaire continue : « Je ne souhaite, en aucun cas, que vos questions dénigrent, d'une manière ou d'une autre, mon entreprise et l'image de marque que j'ai réussie à créer depuis des dizaines d'années. Cet incident m'a fait perdre des actionnaires et des clients, pas seulement acheteurs mais aussi vendeurs ! De plus, les dernières images qui ont fuité sur internet représentant des parties du dirigeable éventré et les rumeurs des marchandises dérobées ne sont pas à l'ordre du jour et je n'y répondrai pas ! ». La demande particulière de madame Bezara à Miss Wald lui complique le travail. Elle ne peut pas se permettre de ruiner un direct et se conformer aux demandes de son invitée. Elle prend des notes, reformule ses questions et les présente une à une à la multimilliardaire pour accord.

Les caméras se placent autour du plateau, la lumière se tamise et une musique de générique se lance. La lumière revient, d'un grand sourire, Miss Wald prend la parole : « Mesdames et Messieurs. J'ai le plaisir de vous annoncer l'arrivée de notre invité d'honneur en ce petit matin : Jess Bezara. », elle tend la main vers son invitée, les caméras focus la multimilliardaire qui sourit et salue Miss Wald en retour. « Comme vous le savez, madame Bezara, vous êtes ici ce matin sur le plateau de la 1T1 pour nous éclairer sur les évènements qui se sont produits récemment, des évènements troublants qui remettent en doute les infrastructures et les piliers fondamentaux de votre structure entrepreneuriale. Que pouvez-vous nous dire ? ». Elle laisse la parole à son invité qui se relève de son fauteuil, dos droit, elle prend la parole avec assurance face à l'objectif :

« Bonjour à tous, je salue toutes mes amies et collaboratrices premièrement qui me regardent très tôt ce matin ainsi j'exprime aussi mes sincères regrets aux victimes et proches de victimes des malheureux évènements qui se sont produits ces dernières semaines. », Miss Wald reprend la parole pour enchainer sur la première question sans perdre de temps : « Oui, quel dramatique incident, nous savons que Murray est leader de son marché depuis plus de vingt ans et que sa technologie surpasse tous ses concurrents, pensez-vous que l'on peut s'attendre à un nouvel incident de ce type ? »

« Non, dans un second temps, je tiens à vous informer que des mesures ont été prises très rapidement, nous avons changé les softwares de nos navigateurs GPS et nous avons revu nos priorités en matière de sécurité informatique et aérienne. »

« Votre entreprise est le symbole des multinationales éco-responsables, pensez-vous qu'un simple accident puisse entacher votre image de marque ? »

« Je ne dirais pas 'simple accident', mon entreprise est l'exemple même de l'évolution de notre société et de nos conditions environnementales, aujourd'hui Murray transporte quatre fois plus de marchandises et rejette huit fois moins de CO_2 que ses prédécesseurs. »

« Pourtant, le dernier en date à fait cinq morts sur le parvis du parlement Australien. Pensez-vous qu'une IA veuille tuer des êtres vivants ? »

« Nous examinons encore la possibilité de faille dans nos IA et systèmes de navigations, sans pour autant arrêter notre trafic et priver des milliards d'habitants et d'entreprises de leur livraison. Les appareils que nous utilisons sont les plus sûrs et les plus récents, l'enquête interne et celle de la police éclairciront avec détail toutes les questions que l'on se pose encore actuellement et, pour revenir à votre question, nos IA sont bridées, sécurisées et implantées dès la fabrication de la machine, personne ne peut leur apprendre de nouvelles fonctions qui iraient outre de l'ordre reçu initialement. »

« Merci madame Bezara, CEO de Murray, pour votre intervention ce matin et votre retour en hommage aux victimes corporelles et physiques de ces incidents. », Miss Wald met fin à l'interview.

Les caméras se relèvent et la lumière revient sur le plateau. « Vous n'avez pas correctement posé les questions ! », grogne étonnée Jess Bezara à Miss Wald. Elle regarde ses notes et rassure son invitée, le direct est parfait.

Dans son petit studio de $10m^2$, Amandine se prépare pour sortir à sa première soirée étudiante de son année scolaire en Australie. Elle s'habille en tenue estivale, petite robe noire et talon haut. Un petit sac à main en bandoulière pour y ranger ses affaires personnelles. Un coup de mascara sur les sourcils, un peu de rouge à lèvres et un passage de fer à friser dans ses cheveux. Elle s'avance vers le miroir de son petit studio et elle y voit une nouvelle Amandine, elle ne craint plus l'extérieur et les autres.

La sonnerie de la porte d'entrée de son studio sonne, elle s'avance vers l'interphone et regarde le petit écran. Elle coupe l'alarme et ouvre la porte, c'est Diego. Il est surpris de la voir dans cette tenue, il en profite pour la complimenter. Il n'avait jamais vu Amandine rayonner autant. Elle est heureuse que ça lui plaise. Peut-être profitera-t-elle de la soirée pour parler de ses sentiments envers Diego, c'est ce qu'elle souhaite par-dessus tout. Diego tient la porte et laisse sortir sa copine de soirée. Ils quittent la résidence, empruntent les transports en commun et se dirigent chez une connaissance de

Diego à l'autre côté de la ville dans un quartier aisé.

Dans un quartier vert et très fleuri, les lampadaires éclairent la cime des petits arbres fleuris de la rue, laissant passer quelques rayons de lumière bleue sur le trottoir. Diego et Amandine marchent sous les arbres lorsqu'ils entendent un bruit répétitif et grave, ressemblant à un son de basse. Ils débouchent devant la grille de jardin d'une maison du quartier et tombent nez-à-nez sur d'autre étudiant faisant la fête autour d'une piscine enterrée et d'une belle et grande maison aux allures futuriste, cubique avec grande baie vitrée. Des étudiants et étudiantes sont en maillot de bains et sautent dans la piscine, se jettent des bouées gonflables les uns sur les autres ou sirotent un verre au bord de l'eau. Amandine est émerveillée par les autres jeunes de son âge faisant la fête démesurément. C'est la première fois qu'elle va faire une fête en Australie et cela est très différent des soirées qu'elle faisait au lycée en France. Elle qui a l'habitude des petites soirées en petit comité dans un petit espace de vie. Là, elle peut s'amuser sur une terrasse de $100m^2$ autour d'une piscine de $21m^2$. Face à la baie vitrée de la maison, Amandine aperçoit les enceintes géantes de 3 mètres qui envoient le son sur la foule d'étudiants dansants juste devant.

Le portail s'ouvre, un étudiant descend de la terrasse pour les accueillir télécommande à la main. Il salue Diego en premier et se permet de se présenter à Amandine comme un ami de Diego. Amandine est stupéfaite par le monde qu'il y a, elle ne pensait pas qu'il y aurait entre 50 à 60 étudiants et étudiantes lors de cette soirée. Elle se permet de leur demander s'ils connaissent toutes les personnes qui sont venues ce soir. Diego et son ami Joshua, fils du propriétaire d'une agence immobilière à Sydney, nient le fait qu'ils connaissent toutes les personnes venues à la soirée. Peut-être que certains étudiants non invités ce sont incrustés à la fête pensent-ils. Diego insiste sur le fait que Amandine n'a rien à craindre, il n'y a que des étudiants qu'ils connaissent de près ou de loin et heureux de faire la fête ce soir.

Joshua referme le portail et les emmène au centre des festivités. Diego check tous ses poteaux et gars sûr sur son passage qui saluent en retour Amandine et lui souhaitent la bienvenue dans le monde de la nuit des étudiants de Sydney. Elle croise Thomas, Noah, Jonathan, Lucas et quelques autres amis proches de Diego. « C'est étrange les garçons font bande à part ? », questionne Amandine à Diego. « Les filles ne se mélangent pas beaucoup c'est vrai, pourtant regarde sur la piste, tout le monde est mélangé », répond Diego. Amandine reste interrogée, en dehors de la piste de danse, à une ou deux exceptions près, les filles restent entre elles et les garçons entre eux.

Diego voit l'une de ses copines parmi un groupe de filles, il s'arrête et attend deux secondes qu'elle veuille bien tourner la tête puis lui fait un grand geste de salutation avec un grand sourire. Sa copine, désintéressée, tourne le regard très rapidement et plonge dans son groupe d'amies. Amandine se met à rigoler bêtement et lui demande pourquoi elle a eu ce comportement. Diego n'en sait rien, peut-être qu'elle l'a mal reconnu il avance qu'après quelques verres d'alcools les gens peuvent avoir du mal à voir de loin et peuvent confondre les personnes. Amandine ne croit pas à ce que raconte Diego, elle décide de faire le tour de la soirée toute seule.

Dans l'ascenseur accompagnée de sa stagiaire Abigaelle, Miss Wald lui propose de réaliser sa première interview pour alimenter son émission. Ayant raccompagné Jess Bezara à son véhicule au bas de la 1T1, elle propose à sa stagiaire de mener l'enquête sur les colosses protégeant la multimilliardaire, ce serait une expérience en plus à raconter dans le rapport de stage de sa protégée et un sujet de reportage pour son émission matinale. L'ascenseur s'ouvre à l'étage de la rédaction, Miss Wald lâche sa stagiaire et part prendre une pause bien méritée.

Elle se dirige vers la salle de repos et se place face à la machine à café pour y discuter avec ses anciennes copines de journalisme qui arrivent dans le couloir perpendiculaire à la machine. Derrière elles, Miss Wald aperçoit la directrice d'antenne. Les filles entrent dans la salle de repos, s'avancent toutes face à la machine et se commandent chacune après l'autre le même café léger sans sucre. Lorsque c'est le tour de la directrice d'antenne, elle observe Miss Wald et attend que leurs regards se croisent pour lui faire signe de venir. Miss Wald quitte sa conversation avec l'une de ses anciennes collègues journalistes et s'avance proche de la directrice.

Elle prend son café et emmène Miss Wald dans un coin de la salle à l'écart d'une potentielle commère qui écouterait leur discussion. A voix basse, en regardant Miss Wald dans les yeux, elle lui explique la situation et la décision de la direction des ressources humaines de la 1T1. Elle prend une grande gorgée de café et s'explique :

les ressources humaines ne peuvent pas mettre fin à son contrat, il ne devait pas travailler indéfiniment avec la 1T1 donc son contrat s'arrête normalement comme il est convenu à la fin du semestre. Le fait qu'il était soi-disant dans une manifestation n'est pas une entrave à son contrat. Elle sait que ses mots déconcertent Miss Wald, elle n'en pense pas moins. Cependant, comme elles ont pu le remarquer depuis un moment, l'assistant de Miss Wald n'est pas revenu depuis son petit jour de congé improvisé. Son badge d'entrée à la 1T1 à quant à lui été bloqué par sécurité. Si son assistant revient, elles le sauront mais ne peuvent pas le punir, il n'y a pas de contre-indication inscrite légalement dans le contrat de travail. Pour conclure ; s'il ne vient plus tant pis pour lui, ça fera des vacances à Miss Wald.

La jeune présentatrice télé accepte la conclusion de sa chef malgré le fait qu"elle ait été obligée de subir l'odeur buccale de café de sa chef. Une main dans le creux de l'autre bras levant son petit gobelet de café près de sa bouche, la directrice d'antenne tourne le dos à Miss Wald et quitte la salle de repos. La jeune présentatrice retourne discuter avec ses collègues.

L'une d'entre elles, inquiète par l'histoire que Miss Wald lui a raconté sur son assistant, demande des nouvelles suite à leur discussion avec la directrice. Miss Wald la rassure, ce n'est pas demain qu'elles reverront son assistant dans les couloirs de l'immeuble, des mesures de sécurité ont été mises en œuvre pour être avertis s'il entre dans l'enceinte du bâtiment. En parlant de sécurité, elles lancent la discussion par rapport à la nouvelle loi de sécurité intérieure. Les autres journalistes se joignent à la discussion pour débattre de l'actualité.

La pause de la matinée commence à se rallonger, Miss Wald et chacune de ses collègues journalistes se racontent leur mésaventure dans leur jeunesse amoureuse et charnelle. Elles sont plus ou moins en accord avec la nouvelle politique mise en vigueur. C'est pour elles une avancée de plus vers la sécurité de la femme et de la famille dans le pays mais est-ce que la flamme de rébellion dans le cœur de certains hommes ne sera pas plus attisée à la suite de cette décision ? Elles tentent de se rassurer entre elles ; d'après des études sociales et historiques, l'antiféminisme et les féminicides étaient bien plus rependus il y a un siècle.

Elle s'avance dans les groupes de filles agglutinées autour de la piscine. Deux filles dans la piscine interpellent Amandine et lui demandent de venir. L'une sort de l'eau et vient s'assoir sur le rebord en pierre.
« Tu es la nouvelle copine de Diego ? », demande la fille assise au bord de la piscine.
« Non nous ne sommes pas ensemble, seulement deux bons amis », lui répond Amandine avec certitude.
« Si j'étais toi, chérie, je me méfierais du 'bon ami', ça a tendance à se transformer en 'bon plan cul' à notre âge. », ricane la jeune fille dans l'eau.
« Ah, ce n'est pas mon plan pour ce soir, désolée », a repris Amandine.
« Non, vu comment tu es habillée ce soir, tu ne dois pas être son plan cul », rétorque la fille au

bord de l'eau.
« Tu souhaites sortir avec lui plus intimement, ça se voit. Diego est un homme qui fait craquer plus d'une étudiante ici et pourtant c'est avec toi qu'il sort le plus souvent ses derniers mois. », dit la fille dans la piscine.

« J'en ai de la chance alors. », fait Amandine sur un ton moqueur face aux deux jalouses. Celle au bord de la piscine reluque bêtement Amandine et lui répond faiblement : « C'est sûr, il n'a pas choisi le meilleur fruit du panier ». La fille dans l'eau prend la parole avant que la tension monte entre sa copine et Amandine.
« Ecoute, tu es tombée sur une perle rare là ma grande mais Diego c'est un simple bourreau des cœurs, une fois qu'il t'aura utilisée, il ira voir ailleurs et tu seras malheureuse comme la fille là-bas dans le tas qui danse ». Amandine se tourne et regarde un groupe qui danse au milieu de la piste, elle y aperçoit la fille qui a mis un vent à Diego le quart d'heure précédent.
« Que lui est-il arrivé ? », demande avec

curiosité Amandine. « Elle pensait un jour sortir avec Diego, ils étaient dans le même groupe de potes à la fin du collège. Lors des vacances ils se sont super bien entendus et se sont rapprochés », raconte la fille dans la piscine. « Elle était amoureuse », reprend l'autre. « Puis une fois au lycée, d'après ce qu'on sait, Diego aurait commencé à l'esquiver en toute impunité alors que tout le monde pensait qu'ils étaient encore ensemble. Seulement ça n'avait duré que le temps des vacances pour Diego, on le voyait déjà virevolter ailleurs. », finit la fille dans la piscine en se tenant la tête, coude contre pierre. « Tu as l'air touchée par cette histoire ? », questionne Amandine. « Il a virevolté pendant toutes ses années au lycée jusqu'à venir vers moi. Je ne l'ai pas laissé faire et maintenant je trouve ça bien dommage. Je trouve qu'il a muri en quelques années. », répond la fille dans la piscine. « Peut-être qu'il a changé, mais reste sur tes gardes, il traine toujours avec son ami Léo le voyeur. », reprend la fille au bord de l'eau. « Qui est Léo le voyeur ? », s'inquiète Amandine. « C'est l'un de ses amis au collège, il a mal tourné

à la suite d'une histoire d'amour qu'il a eue du mal à avaler. Par chance je ne l'ai pas vu dans la soirée, ce qui m'étonne encore vu que tout son groupe de potes est présent ce soir. », répond la fille au bord de l'eau.
Amandine fait le lien avec le bougre, il s'appelle Léo et surnommé 'le voyeur', ce qui ne l'étonne pas plus. Cependant elle est choquée d'apprendre que Diego voit encore ce Léo et que tous les garçons qu'elle vient de croiser plus tôt dans la soirée sont des amis de ce personnage. Amandine remercie les deux filles de la piscine. « Fais attention à toi mon ange... », envoie l'une d'elles avant qu'Amandine ne puisse plus les entendre à cause du bruit causé par les enceintes géantes.

Miss Wald finit sa journée et rentre chez elle. Son chauffeur privé la dépose devant sa maison. En ce début d'après-midi d'automne, les feuilles de jacaranda et les fleurs fanées tombent au sol et recouvrent la route et le trottoir d'une nape rosée. Miss Wald traverse le couloir de végétation naturel vers l'entrée de sa demeure. Elle entre dans sa maison illuminée par ce beau soleil automnal, elle claque la porte derrière elle et se dirige vers le salon. Elle dépose ses affaires sur son canapé puis entend un bruit étrange venant de l'étage supérieur. Commençant à s'inquiéter, elle agit lentement pour ne pas faire de bruit et se déplace vers les escaliers qui mènent à l'étage.

Elle enlève ses chaussures à talon et en prend une en main pour se défendre. Elle commence lentement à monter les escaliers et entend des bruits de pas venant de sa salle de bain, quelqu'un s'y cache. Un déclic dans la porte retentit, la serrure vient d'être tournée, qui est-ce se dit-elle intérieurement. La porte commence à s'ouvrir et Miss Wald reconnait l'odeur de savon et de parfum sortant de la pièce. Dressé dans l'encadrement de porte, son petit-ami sort de la salle de bain, tong aux pieds et la serviette autour de la taille laissant son corps musclé à la vue de Miss Wald.

Nez à nez face à sa copine, il s'étonne de la voir revenir d'une position de self-défense médiocre armée d'une chaussure à talon en plein milieu de l'escalier. Il en rit et demande à sa compagne ce qu'il se passe. Miss Wald est confuse, elle ne pensait pas tomber sur lui à ce moment de la journée, en temps général il travaille jusqu'à très tard le soir et n'est pas à la maison qu'en fin d'après-midi.

« Alors que fais-tu déjà à la maison à cette heure-ci ?! », demande Miss Wald énervée d'avoir été retrouvée dans cette situation.

« Je ne souhaitais pas te laisser seule à préparer nos affaires de voyage. Nous partons tôt demain matin pour l'archipel de Ross et il me semble que l'on n'a rien préparé donc j'ai pris une demi-journée de congé pour que ça ne soit pas la course pour préparer les valises. », lui répond calmement son petit-ami.

Miss Wald comprend tout à fait ce qu'il souhaite, elle s'excuse avec maladresse pour ce qui s'est produit dans l'escalier. Elle montre à son petit-ami qu'elle a besoin de repos et de vacances.

« Léna, parle-moi de ce qui ne va pas »

Elle a du mal à en venir au fait. Elle se retourne et descend les escaliers comme si elle souhaitait ignorer son compagnon. Dans la gêne, elle commence par parler de son assistant :

« En rentrant dans la maison et en entendant des bruits de pas à l'étage j'ai cru que mon assistant avait trouvé mon adresse et s'était infiltré à l'intérieur de notre maison », dit Miss Wald sur un ton monotone, baissant le regard et regardant dans le vide. Son petit-ami descend lentement les escaliers pour la rejoindre. « Je me sens toute confuse, quand j'ai vu ce qu'il faisait aux policiers ce jour-là, avec violence et aucune culpabilité, que pourrait-il faire s'il tentait de faire du mal à une femme ? », reprend Miss Wald dans sa mélancolie. Son petit-ami passe ses bras autour de la taille de sa petite-amie, elle se laisse tomber contre son corps chaud et musclé en prenant une grande inspiration. Il place sa tête sur l'épaule de Miss Wald et lui chuchote à l'oreille droite : « Tu n'y es pour rien, il était peut-être masculiniste bien avant d'entrer à la 1T1 ». Miss

Wald pose sa tête contre le pectoral gauche de son petit-ami et ferme ses yeux. Lentement, elle lève son bras gauche pour lui caresser les cheveux. Avec sensualité et douceur, reposée dans ses bras, elle lui répond : « Je ne lui ai peut-être pas apporté des connaissances nécessaires pour l'exécution de son métier, peut-être... » Miss Wald se coupe à la suite de la descente des douces mains de son petit-ami le long de son corps « ... peut-être... l'aurais-je mal...traité ?».

La soirée bat son plein. Les étudiants sur la piste commencent à être bien arrosés. Amandine a été entrainée sur la piste par sa curiosité, elle s'est mélangée aux autres jeunes de la soirée et passe un moment agréable. Elle boit du ponch comme toutes les autres filles de son âge et chante fort sur la piste jusqu'à se casser la voix. Levant les bras en l'air, ressentant la chaleur des autres sur la piste et les faisceaux de lumières multi couleur dans les yeux. Elle ressent ses gouttes de sueur lui couler le long des tempes jusque dans le cou. Elle se cogne par moment à son voisin ou sa voisine de danse, se regarde en rigolant et continue de danser sur cette musique électronique contemporaine.

La soirée s'enchaine et les verres aussi. Amandine est rejointe par les filles de la piscine et se fait présenter à des groupes mixtes pour jouer à des jeux d'alcools à l'intérieur de la grande baie vitrée. Joshua surveille qu'il n'y a pas de débordement et son groupe de garçon se charge des étudiants bourrés ou toxiques. Amandine est tentée par ses nouvelles connaissances, elle reprend des verres, se souviendra-t-elle de cette soirée ? Elle se met à jouer au 'Beer Pong', au 'Neknomination', le 'Slip and Flip' et bien d'autres jeux d'alcool venant des quatre coins du monde.

Il se fait très tard et Amandine n'a pas encore conclu avec Diego. Dans sa folle soirée, elle souhaite faire l'impasse sur le fait qu'il a papillonné il y a encore quelques années avant leur première rencontre. Elle sort sur la grande terrasse remplie d'étudiants ambiancés par la musique électro et cherche du regard sa mission de cette nuit. Elle ne le trouve pas dans la foule qui saute et qui bouge. Elle ne perd pas espoir et fait le tour de la piscine sans résultat. Est-il parti ? Se demande-t-elle intérieurement. Elle regarde une dernière fois autour d'elle avant de retourner à l'intérieur, puis, devant le portail de l'entrée de la propriété des parents de Joshua. Elle voit Diego tourné contre le portail, il semble parler à quelqu'un tapi dans l'ombre de l'autre côté de la grille. Qui est-ce ?

Elle descend de la terrasse et s'avance pour avoir une meilleure vue sur la personne qui est derrière le portail. Elle s'arrête et voit ce visage flou et familier tapi dans l'ombre. C'est le bougre !

Diego entend des pas derrière lui, il se retourne et voit sa copine perplexe face à la scène. Il tente de s'avancer vers Amandine mais elle fait un pas en arrière et dit d'une voix faible et

énivrée : « Non ! Je crois rêver ! ». Diego tente de s'avancer encore davantage d'Amandine mais elle prend la fuite et remonte sur la terrasse.
Amandine traverse la foule d'étudiant se trémoussant. Des larmes se mélangent à sa sueur et commencent à couler le long de ses joues. Elle entre dans la grande maison et interpelle Joshua avec violence et lui ordonne de lui montrer une sortie proche et loin du portail près de la terrasse. Joshua ne comprend pas et tente de la calmer, il pense que l'alcool la rend hystérique. Mais Amandine ne prend pas ça à la légère et lui ordonne une seconde fois de lui trouver une sortie. Joshua se plie à sa demande et l'emmène de l'autre côté de la maison, vers la porte d'entrée principale. Ils s'arrêtent devant, Joshua s'inquiète de l'état d'Amandine, il ne veut pas la voir repartir comme ça et à cette heure-ci. Amandine, furieuse, lui ordonne d'ouvrir la porte. Elle met la main dans son sac à main comme pour le menacer de sortir quelque chose de dangereux. Joshua se plie sous son ordre et ouvre la porte. Des lumières sur le terrain de la résidence indiquent le court chemin

qu'Amandine doit prendre pour rejoindre la rue. « Mais il fait noir dehors Amandine, tu ne verras rien, tu devrais rester dormir ici ! », s'inquiète Joshua. Elle sort de son petit sac, une paire de lunettes de soleil/lunaire qui permettent de voir dans le noir le plus total. Elle montre bien à son ange gardien qu'elle est suffisamment équipée pour rentrer. Elle met les lunettes sur le nez et quitte la soirée.

Le réveil sonne pour Miss Wald et son compagnon. L'un contre l'autre, ils lèvent leur bras de chaque côté du lit pour taper sur leur téléphone-réveil. Ils se retournent, se regardent les yeux dans les yeux, sourient amoureusement et se saluent comme s'ils ne se connaissaient pas. Ils s'embrassent rapidement puis sortent de leur lit. Miss Wald, habillée en robe de chambre entre dans la salle de bain parentale et se prépare. Au pied du lit les bagages sont prêts à être embarqués dans le dirigeable. Ethan ouvre le dressing et s'habille. Le soleil commence à peine à se lever et éclair le couloir d'entrée de leur maison. Ils descendent leurs valises et les chargent dans la voiture du chauffeur privé de Miss Wald. Prêt à partir, ils vérifient avoir bien fermé leur maison pour ne pas avoir de surprise à leur retour la semaine suivante pour que Miss Wald revienne l'esprit léger. Comme des enfants, ils se dirigent vers la voiture main dans la main, en se regardant et se souriant, à travers le couloir végétal et le trottoir pavé de fleurs de jacaranda.

La voiture quitte le quartier et se dirige vers l'aérogare de Sydney perchée à 75 mètres de haut entre trois gratte-ciels au centre de la ville ce sont trois énormes plateformes triangulaires qui accueillent plusieurs centaines de dirigeables par jour avec des quais suspendus pour les dirigeables privés et des quais avec des grues pour harponner les dirigeables cargos pilotés par IA. Tout un maillage d'acier et de carbone entretenu depuis plus de trente ans par la ville de Sydney.

La voiture arrive sur le parking du dépose-minute au pied d'un des gratte-ciels soutenant l'aérogare. Il n'est pas loin de 7h du matin et les terminaux d'embarquement ne sont pas encombrés de voyageurs. Miss Wald sort de la voiture accompagnée par son petit-ami. Elle lève les yeux au ciel pour contempler les géants stationnés en gare et les petits navires entrer dans leur terminal. Ils prennent leurs affaires et entrent dans le hall d'embarquement, ils se dirigent vers l'enregistrement des bagages et la mise à la soute de leurs valises. Tous les guichets de chaque compagnie aérienne et des enregistrements de bagages sont présents au rez-de-chaussée de l'aérogare. Ils mettent leurs affaires sur un tapis roulant qui dirige automatiquement leurs bagages vers le monte-charge du terminal correspondant au départ de leur dirigeable. Ils regardent leurs affaires se déplacer sur le convoyeur et passer derrière un rideau de caoutchouc noir. Main dans la main, ils se dirigent vers l'ascenseur qui les emmène sur le quai de décollage.

Ce grand ascenseur pouvant transporter plus de cinquante personnes en même temps monte lentement jusqu'au quarantième étage de la tour. Les vibrations des moteurs à résine commencent à se faire ressentir. Les poils de Miss Wald se hérissent et elle commence à se cramponner à son petit-ami. Les portes de l'ascenseur s'ouvrent dépressurisant la cabine et créant une bourrasque qui décoiffe les passagers. Miss Wald se protège le visage des poussières qui rentrent à vive allure dans l'ascenseur. Elle enlève sa main et découvre l'énorme dirigeable MyriamAir de deux étages extérieurs, le nez de l'appareil illuminé par ce lever de soleil automnal.

Toute seule dans le noir urbain des rues de Sydney, Amandine marche vers sa résidence de l'autre côté de la ville. A travers ses lunettes de vision nocturne, elle voit très bien autour d'elle, seule la couleur des éléments n'est pas représentée. Dans sa vision morose en nuance de gris et derrière ses lunettes lunaires, ses larmes continuent de couler le long de ses joues. Les oreilles sifflantes à cause de la musique trop forte de la soirée et ses vertiges dûs à l'abus d'alcool. Pense-t-elle réussir à rentrer avant le lever du soleil ? Elle arrive encore à marcher droit et à s'orienter dans l'espace mais les minutes deviennent des secondes et sa marche de plus en plus lente.

En suivant son GPS sur son téléphone portable, elle ne devrait pas se perdre, elle n'a que 4 kilomètres de marche jusqu'à sa résidence, en une heure c'est faisable pense-t-elle. La tête tournante, elle commence à entendre des craquements de feuilles venant de derrière elle. Elle s'arrête et se retourne de peur, elle observe à travers ses lunettes aux nuances de gris mais ne voit personne. Entend-elle ses propres pas ? Son cœur bat tellement vite et tellement fort qu'elle n'entend pas le vent de la nuit sillonnant entre les immeubles et les ventilations mécaniques des maisons du quartier dans lequel elle commence à se perdre.

Tournant sur elle-même, croyant entendre des bruits, croyant apercevoir la silhouette d'un homme au croisement de la rue derrière elle. Elle prend peur et court dans la direction opposée. Sous l'effet de l'alcool, sous l'effet de l'adrénaline et de la peur, elle pense être suivie. Elle continue son marathon à travers les rues et avenues de la ville grisée par ses lunettes. Les secondes sont des minutes, en un battement de cils elle se retrouve cent mètres plus loin dans la rue. Elle n'entend que son pouls et ses oreilles siffler. Doit-elle s'arrêter de courir ? Depuis combien de temps court-elle ? Où se trouve-t-elle ? Elle pense avoir parcouru plus de deux kilomètres en courant à travers la nuit. Elle s'arrête, se reposer contre un mur dans une petite allée perpendiculaire à la rue. Elle prend son téléphone et regarde l'heure, il est 3h26 du matin. Elle tente de le déverrouiller mais sa vision floue l'empêche de toucher les bons chiffres de son mot de passe. Elle y passe quelques secondes ou peut-être des minutes. Elle ouvre son GPS et découvre le fruit de sa maladresse, elle n'est pas allée dans la bonne direction, elle n'a fait que contourner sa résidence. C'est un cauchemar se dit-elle intérieurement. Elle sent l'alcool sortir de sa bouche à l'expiration puis remonter dans ses narines à l'inspiration. Par fatigue, elle ferme ses yeux quelques instants.

En les rouvrant, elle regarde l'heure sur son téléphone, il est 3h52. Elle n'y croit pas, cela fait presque 30 minutes qu'elle est adossée au mur. L'alcool est en train d'obstruer sa notion du temps. Elle doit rentrer chez elle, il lui reste 3 kilomètres. Elle sort de sa cachette et continue son chemin en prenant une direction aléatoire. Le sifflement dans ses oreilles ne l'aide pas à savoir si elle est encore suivie. A intervalles réguliers, elle se retourne et tourne sur elle-même vérifier ses arrières. La peur redescend et l'alcool contenu dans son sang, déconnecte ses neurones et la libère de ses pensées sombres. Elle se sent en sécurité et s'occupe seulement de la direction qu'elle doit prendre. Dans son excès de confiance, elle repense à cette soirée, virant au fiasco, Diego n'est-il tout simplement pas à sa hauteur ? Des larmes se remettent à couler sur ses joues noires de mascara. Qu'a-t-elle bien pu s'imaginer en sortant avec lui ? Une histoire d'amour rarissime que tout le monde enviait ?

Dans sa tourmente psychologique, elle oublie qu'une personne l'avait suivie depuis sa sortie de soirée. Elle regarde l'heure : 4h38, il ne lui manque plus qu'un kilomètre pour entrer dans son studio et retrouver son lit. À son réveil ce sera le début de sa journée de travaux communautaires, elle n'a maintenant bien que ça à faire de sa vie : récolter des fruits et légumes ! Le ciel noir commence à virer au bleu très foncé. Elle arrive à cent mètres de sa résidence. Par réflexe, elle se tourne pour observer derrière elle mais ne voit personne. Elle entend un souffle et ressent une présence humaine face à elle. Dans l'ambiance grisâtre générée par ses lunettes, elle se retourne brusquement et voit ce qui s'avance vers elle à vive allure. Son cœur fait un micro-arrêt par peur, puis se lance au quart de tour. Léo le voyeur lui fonce dessus !

Amandine s'élance en arrière, court le plus rapidement possible à travers les ruelles perpendiculaires à sa rue en esquivant les débris de dirigeable non ramassés par l'entreprise Murray. Comme un enchaînement de coïncidence, les effets de l'alcool et ce parcours d'obstacle ne lui font pas bon ménage dans son estomac. Elle se sent de moins en moins bien puis elle entend le souffle et les pas lourds du voyeur se rapprocher dans son dos. Elle doit tenir, fuir loin de lui et se mettre à l'abri au plus vite. Elle fait le tour du pâté de résidence entourant la sienne jusqu'à arriver devant la porte d'entrée de son immeuble. Elle tire la porte avec toute la force qui lui reste, ne regardant jamais derrière elle, elle tape un sprint final vers les cages d'ascenseur. Par chance, l'une des cages est ouverte et l'ascenseur n'attend plus que de monter.

Elle entre rapidement dans l'ascenseur, de stresse elle appuie sur n'importe quel bouton et sélectionne plusieurs étages avant d'appuyer sur le bouton de fermeture des portes. Elle se plaque au fond de la cabine, observe le couloir semi-sombre devant l'entrée de l'ascenseur. « Faites qu'il n'arrive pas », prie Amandine intérieurement. Elle se crispe de plus en plus sur la barre en aluminium au fond de la cabine. Les portes se ferment et pas de voyeur pour empêcher cela. L'ascenseur commence à monter. Amandine enlève ses lunettes de soleil obscurcissant la lumière artificielle des parties communes de la résidence. L'ascenseur s'arrêta à un mauvais étage. Le cardio d'Amandine s'emballe à nouveau, elle qui ne se sentait pas bien. Elle appuie plusieurs fois et avec insistance sur le bouton de fermeture de la cabine mais un relent incontrôlé de son estomac lui remonte dans la gorge. Ne pouvant plus se retenir, son foie et son estomac s'unissent et prennent le contrôle. Telle une œuvre de Picasso ; ils commandent à Amandine de repeindre les murs de la cabine avec toutes les boissons et amuse-bouche qu'elle a pu trouver lors de la soirée.

Miss Wald entre dans le hall central de l'appareil, en son centre pend un lustre de LEDs orné de maquette de dirigeable MyriamAir du haut du troisième étage de l'appareil. De chaque côté de la pièce des petits escaliers permettent de monter sur le pont supérieur. A leur gauche, sur le premier niveau, on retrouve le compartiment Prenium Panorama avec ses grands sièges réglables chauffant ainsi qu'une grande baie vitrée à l'avant de l'appareil pour admirer le paysage depuis le ciel. Toujours au premier étage, à leur droite, une partie du compartiment Business Class sur une dizaine de mètres avec des sièges spacieux dotés des dernières technologies de communication en vol pour ne pas perdre de temps de travail. Un peu plus loin, on retrouve une partie de la classe économique aux sièges classiques. Le pont supérieur de l'appareil est agencé identiquement au précédent. Cependant le troisième pont est particulier, il possède un restaurant quatre étoiles ainsi que les réserves et dortoirs de l'équipage de bord.

Miss Wald ne sait pas où elle est installée, elle tente de demander à son compagnon qui entre à son tour à bord. Il ne dit pas un mot mais la prend par la main. Surprise par le silence d'Ethan, elle se laisse guider sur le pont supérieur. Il l'emmène vers le nez du dirigeable au second étage. Il l'arrête devant un couple de sièges tournés en diagonale face à une petite baie vitrée sur le flanc droit de l'appareil et invite Miss Wald à s'installer et à admirer la vue. Surprise de faire son voyage à Ross en première classe, elle s'avance vers le siège le plus proche de la baie vitrée et s'installe dedans.

Elle est émerveillée par la vue, le soleil levant éclaire d'un jaune brûlant les quais d'amarrages des terminaux de l'aérogare et fait briller les vitres des immeubles en contre-bas. Elle adore la surprise qu'il vient de lui faire et elle s'attend à en voir de plus belles. Il lit, dans le visage de sa chérie, tout le bonheur qu'il est entrain de lui apporter, elle lui sourit en rigolant joyeusement sans jamais s'arrêter comme hypnotisée par ce qu'il va lui offrir. Pour fêter le départ, il commande une coupe de champagne directement servie à leur place par le Stewart du pont. Ils trinquent à leurs premières vacances de l'an 2142. Il cogne les verres l'un contre l'autre puis sentent leur siège vibrer ; c'est le dirigeable qui entame son décollage en frottant de son flanc le quai aérien de l'aérogare. Le dirigeable prend de la vitesse et de l'altitude, Miss Wald voit les terminaux s'éloigner petit à petit. Elle boit une gorgée de champagne, se glisse au fond de son siège et admire les nuages se rapprocher d'elle.

A plus de 400km/h à quelques centaines de mètres au-dessus de l'océan Indien, le dirigeable en direction de l'archipel de Ross a atteint sa vitesse de croisière. Miss Wald est promenée par son petit-ami sur le dernier étage de l'appareil. Ils arrivent sur ce dernier étage avec à l'avant un énorme restaurant quatre étoiles d'une trentaine de mètres de long et de presque dix de large avec une cinquantaine de tables dressées et prêtes à recevoir les passagers pour le repas de midi. D'autres passagers sont déjà installés et passent commande auprès des serveurs. Quelle est la spécialité servie par ce restaurant aérien se demande Miss Wald. Son compagnon l'emmène à une table au bout du nez de l'appareil face à l'horizon infini de l'océan. Elle prend la carte des plats, Ethan passe sa main sur le haut de la carte et lui retire lentement en lui faisant un clin d'œil. Aurait-il encore prévu une surprise se demande Miss Wald. Elle le regarde dans les yeux, resserrant ses lèvres pour ne pas sourire, c'est la première fois qu'Ethan lui prévoit autant de surprises. Elle se pose quand même une question, lui cache-t-il quelque chose ? Elle sourit un peu gênée par le clin d'œil et lui demande ce qu'il fait et où il veut en venir. « Sois patiente », lui répond avec flou son compagnon, la laissant dans l'embarras qu'il pourrait vouloir se faire excuser ou oublier quelque chose qui pourrait compromettre leur relation, pense-t-elle.

Miss Wald essaye avec insistance et douceur de le faire parler, elle lui caresse le dos de la main en le frottant de ses jolis ongles longs. « N'en ferais-tu pas un peu trop ? » demande doucement Miss Wald en tentant de déchiffrer ses pensées en le fixant d'un regard malicieux. Il ricane avec oppression et lui affirme qu'il fait ça pour leurs vacances en amoureux de la Saint-Valentin. Miss Wald, replace ses mains de son côté de la table, lève sa lèvre inférieure vers le haut pour le bouder et détourne le regard vers le grand bleu.

Réveil très difficile pour Amandine. Elle se met la main sur le visage l'air de vouloir se frotter les yeux puis sent quelque chose de gras sur son visage : le mascara qui a coulé. Pas très heureuse de sa découverte, elle prend doucement connaissance, ouvre doucement les yeux et regarde du coin de l'œil la position où elle se trouve ; elle est affalée sur son lit, encore dans sa robe en petite partie repeinte des amuses-bouches et autres boissons qu'elle a bien pu trouver cette nuit dont une partie se trouvant sur le lit après avoir séchée. Elle grogne doucement à la vue de sa découverte puis tente de se relever. Une fois sur ses deux pieds, elle ressent des douleurs aux jambes comme si elle avait fait un semi-marathon la veille. Elle s'avance devant son miroir au-dessus de son lavabo dans sa micro-salle d'eau et découvre l'ampleur des dégâts : cheveux ébouriffés, collant et luisant avec quelques feuilles mortes. Mascara dégoulinant le long des deux joues jusque dans le cou. Une robe pleine de poussière et de morceaux de nourriture. « C'est un vrai cauchemar », se dit-elle à haute voix d'un air dépité en posant ses mains sur les rebords du lavabo. Elle se regarde dans les yeux à travers le miroir (se reconnaît-elle ?). Amandine ne pensait pas vivre une situation pareille, elle qui s'était mise à l'abri de tous les problèmes extérieurs, protégée par sa famille et le système universitaire. Elle ouvre le robinet, passe ses mains sous l'eau et les ramène vers son visage pour enlever les traces de vomi séché sur ses lèvres, de sueur sur son front et de mascara sur ses joues. Elle fait deux à trois allers-retours, gratte les croutes et se regarde à nouveau dans un silence total face au miroir. Comment a-t-elle pu faire confiance alors que ses parents l'avaient mise en garde ? Pourquoi n'a-t-elle pas pu ouvrir les yeux plus tôt et voir le vrai visage de celui qu'elle aimait ? Dans son tourment de questions, elle remet ses mains sous l'eau et frotte son visage. Que fera-t-elle si elle croise à nouveau Diego ? Est-elle prête à le croiser et lui expliquer ce qu'elle lui reproche ? Doit-elle lui faire confiance ? Amandine finit de se débarbouiller à l'eau du robinet et entre dans le bac à douche.

La sonnerie de porte de son petit studio de $10m^2$ retentit. Amandine, sous la douche, est surprise, elle n'attend pas de visite. Elle se dépêche de se sécher, sort du bac à douche, manque de glisser et s'approche de l'interphone à écran LCD. Quelqu'un frappe fortement contre la porte.

L'écran de l'interphone est encore éteint, devrait-elle se faire toute petite pour ne pas être dérangée plus longtemps et se faire ignorer par la personne de l'autre côté de la porte. Dans sa parano, elle pense que le bougre a peut-être pu la suivre jusqu'à son studio et que c'est lui qui se trouve derrière la porte. Sa curiosité maladive lui fait placer sa main contre le mur proche de l'interphone, prête à l'activer et à communiquer avec la personne se trouvant de l'autre côté de la porte. Les coups contre la porte continuent toujours plus intensément. Elle met son doigt au-dessus de l'écran LCD, pesant le pour et le contre de son acte, même le bougre ne peut pas franchir la porte de son studio. Quelques secondes lui suffisent à se décider, elle appuie sur l'écran de l'interphone et allume la caméra frontale de sa porte d'entrée.

Enervée derrière la porte du studio d'Amandine, la responsable des travaux communautaires de la résidence attend qu'elle daigne bien sortir de son antre pour nettoyer la cage d'ascenseur qu'elle a repeinte la veille. Amandine souffle et s'excuse à travers l'interphone. Elle vient de se réveiller et se dépêche de se préparer à nettoyer les dégâts qu'elle a causés dans la résidence.

Miss Wald, les yeux rivés à travers la vitre depuis son siège, observe le bleu de l'océan et le rivage du septième continent apparaître à plusieurs centaines de mètres sous ses pieds. Le dirigeable, à une altitude comprise entre 500 et 700 mètres d'altitude, entame sa descente au-dessus de la baie de Ross. Une magnifique baie à la mer bleu ciel et aux falaises griffées par la fonte des glaciers font leurs apparitions. La plage aux galets noirs fait son apparition, un peu reculé derrière des terrasses aux parasols orangés se fondent dans les pelouses sauvages autour des hôtels blancs en forme d'iceberg. Elle voit des petits dirigeables touristiques tourner autour de la baie et de ses environs. Elle tente de compter le nombre de baigneurs courageux qui tentent de se baigner dans l'eau froide de l'Antarctique. Lançant son regard de droite à gauche, elle s'arrête sur un restaurant en bois avec terrasse sur le bout du cap gauche de la baie. Elle pense que ça pourrait être un endroit sympathique pour manger après une petite balade ou lors de leur passage sur le chemin entre la station balnéaire et la ville de Ross.

Le dirigeable s'approche du sol, passe au-dessus de la petite ville de Ross jusqu'à atteindre la piste d'atterrissage et le doc d'amarrage. Posé à 50 mètres de haut contre un grand pylône métallique pyramidal à quatre côtés, le géant du ciel s'accouple au doc d'amarrage mécanique de ce dernier. Le doc descend et entraîne doucement le dirigeable vers le sol. Miss Wald et son petit-ami se préparent à sortir du véhicule. Le doc d'amarrage pose le dirigeable sur ses trains d'atterrissage. Les personnels de bord ouvrent l'entrée du rez-de-chaussée et font descendre un escalier à rambarde jusqu'à la surface bétonnée du tarmac. Miss Wald prend par la main son compagnon et l'emmène en dehors de l'appareil. À la sortie, l'air frais antarctique vient frapper les joues de Miss Wald qui se cache derrière son petit blouson et en descend les manches. Elle s'exclame face à lui en rigolant qu'il ne fait pas aussi chaud qu'en Australie. Elle regarde autour d'elle les tenues vestimentaires des passagers, puis regarde plus loin et observe les deux autres docs d'amarrages. Dressés sur l'herbe sauvage de l'aérogare terrestre, les pylônes d'amarrage à dirigeable, pouvant accueillir chacun quatre dirigeables, sont visibles et espacés chacun de presque deux cents mètres. Des dirigeables sont accrochés à eux et posés au sol prêts pour embarquer des passagers.

Après une marche de 2 minutes sur le tarmac froid de l'aérogare de Ross. Ils entrent dans le terminal d'arrivée, retrouvent leurs valises sur un tapis roulant et se mettent en direction de la sortie de l'aérogare. Le grand écran avant la sortie indique la météo au sol et les températures de l'océan et de l'air. Miss Wald pointe du doigt l'écran pour le faire remarquer à son petit-ami et s'étonne des 23°C de la température extérieure, trois heures avant ils étaient partis avec 32°C au sol de Sydney au petit matin. D'après l'écran, l'eau dans la baie de Ross est froide à 12°C. Ils sortent sur le parvis de l'aérogare, devant eux s'étend un magnifique parc à herbe sauvage poussant entre 30 et 50 centimètres de haut. Miss Wald prend une grande inspiration et savoure cette odeur naturelle de ce nouveau continent. L'herbe ici n'est pas jaune brûlée par les rayons du soleil, l'air humide et les faibles températures permettent à l'herbe de rester verte naturellement. Miss Wald s'avance sur le parvis jusqu'au jardin sauvage et se permet de caresser l'herbe, elle pousse un soulagement : "enfin les vacances".

Quelques jours après sa bourde dans l'ascenseur et après avoir porté plainte auprès de la police de quartier sur le fait qu'elle avait été suivie puis pourchassée par un jeune homme qu'elle croyait reconnaitre. Amandine reprend sa petite vie et est attendue pour une épreuve de partielle en fin de journée à l'EHPS. Elle met en place son train-train quotidien, marche depuis sa résidence jusqu'à l'arrêt de bus le plus proche, monte dans le véhicule en se méfiant de ne pas être suivie et descend à l'arrêt du campus universitaire de Sydney. En cette fin d'après-midi, des nuages se forment autour du ciel de la ville, cachant les derniers rayons de soleil petit à petit. Amandine entre dans le bâtiment principal de l'EHPS et se rend dans l'amphithéâtre pour passer ses dernières partielles de ce semestre. Elle observe d'abord la pièce, vérifie qu'elle ne fera pas de mauvaise rencontre en traversant la pièce. Elle descend les marches de l'amphithéâtre pour trouver une place devant et au calme, des regards se lèvent et les yeux des autres étudiants et étudiantes l'observent s'installer. Amandine balaye du regard une dernière fois la pièce, dévisage et se fait dévisager par les autres élèves certainement déconcentrés par les gestes psychotiques d'Amandine.

Elle s'assied et se concentre sur l'écran de table qui affiche le compte à rebours avant début de l'épreuve. Elle souffle, essuie les gouttes de sueur qui lui coulent sur le haut du front puis passe sa main dans ses cheveux. Les lumières de l'amphithéâtre s'allument, les applications de météorologie sur le téléphone d'Amandine lui indiquent qu'une forte pluie va s'abattre sur la ville l'heure qui va suivre son examen. Des gouttes commencent à taper sur les vitres de la salle derrière l'estrade en face d'Amandine. « Je vais rentrer mouillée », se démoralise Amandine, elle qui n'a pas l'habitude de prévoir ce genre d'évènement. Des étudiants continuent de rentré dans la salle, peut-être une vingtaine, Amandine ne se retourne pas et se concentre sur l'épreuve qui va commencer dans quelques instants : quatre, trois, deux, un.

Le compte à rebours s'efface de l'écran et fait apparaitre un écran de connexion demandant à Amandine de poser sa main sur l'écran. Elle place sa main dessus, l'écran affiche « Bonsoir

Amandine Seltzam », le texte se fond et fait apparaitre le sujet. Avec ses doigts Amandine se déplace à travers les textes et les questions.

La pluie s'abat sur les fenêtres de l'amphithéâtre et participe au seul bruit entendu à travers la grande salle. Entre questions à choix multiples et commentaires de textes, Amandine sillonne le sujet avec facilité. « Depuis quelles années, la domination masculine a-t-elle été aboli au profit de la liberté des peuples ? Donnez les lois qui ont régi cette évolution puis argumentez. », « Quel traité international régit la stabilité de la Coalition ? », « 'Derrière de grandes Femmes se cachent de grands hommes', commentez cette affirmation ».

Sortant sur le balcon de son appartement, Miss Wald respire le grand air frais de l'antarctique. Elle écoute le bruit de cette mer bleu ciel s'écrasant sur les petits galets 3 étages plus bas au pied de l'hôtel, les mouettes volantes contre le vent et le chant des dauphins du petit matin. Elle regarde l'horizon, elle se laisse caresser par les rayons du soleil déjà haut dans le ciel. Son compagnon s'avance derrière elle, il passe ses mains doucement contre ses épaules, la faisant grelotter à cause de ses mains froides, il baisse sa tête et lui fait une bise sur le haut de l'épaule. Elle lève son bras gauche jusqu'à trouver la tête de son homme et la caresse avec tendresse. De l'autre main, elle lui montre la beauté de ce paysage utopique, elle lui montre le petit restaurant sur le bord de la falaise, qu'elle avait déjà observé depuis le dirigeable lors de leur arrivée, en insistant sur le fait qu'ils pourraient s'y rendre pour le dîner. Il observe ce que son amour lui dicte et confirme. Tous les deux retournent dans leur appartement 2 pièces de 50m^2 pour se préparer à visiter le pays de Ross.

Quittant la cité balnéaire avec son petit-ami, Miss Wald se permet de faire un petit exposé à sa moitié sur ce qu'elle voit et ce qu'elle a étudié lors du voyage en dirigeable. Ils marchent, côte à côte sur le ponton en bois reliant le complexe hôtelier à la ville de Ross deux cents mètres derrière. Ils entrent dans le premier quartier de Ross composé de maisons préfabriquées en bois style américain. Elle dirige son compagnon droit vers une étrange installation rappelant les premières expéditions scientifiques en Antarctique. Ses connaissances ne la trompent pas, ce containeur sur pilotis aux couleurs horribles est la réplique de la base Zucchelli qui était installée un peu plus au sud de la ville actuelle. Au nord, elle propose à Ethan de visiter l'ancienne base E-tech coréenne Jang Bogo, il se le note dans un creux de sa mémoire et propose à sa belle de visiter l'intérieur de la réplique devant eux. Ils montent ses marches métalliques grinçantes sous leurs pas. Une porte coulissante s'ouvre à leur arrivée, ils entrent dans une petite salle publique avec, au mur, des photos de la base avant la fonte des glaces. Miss Wald observe ces paysages arides, les conditions climatiques surréalistes dans lesquels vivaient les scientifiques, tempêtes de neige, températures avoisinant les -20°C. Quelle horrible situation que de vivre dans un désert de neige se dit-elle. Heureusement que le temps à fait évoluer le paysage local et que l'herbe verte courbée par le vent et les rochers sculptés par la glace font maintenant le charme de ce continent.

Sortant de la réplique, entre herbes sauvages et vastes collines vierges d'arbres et de bosquets, ils admirent le paysage. Traversant les rues récentes de la ville, Miss Wald s'arrête devant les boutiques aux robes aux pigments de glace. Elle prend la main de son compagnon et l'emmène, sans lui demander son avis, dans l'intérieur de l'une de ces boutiques. S'arrêtant, éblouie, par la clarté de chaque robe, elle tend sa main pour en toucher la matière. Les robes aux pigments de glace sont froides et brillantes à l'extérieur et chaude à l'intérieur, elles sont basées sur le principe du module de Peltier. Le prix est tout aussi étincelant que la robe, Ethan serre les dents, mais comment peut-il dire non à sa copine ? Elle adore les boutiques de mode et ne cesse de remplir son dressing, il sait qu'elle sortira de cette boutique avec une robe en main. Ne voulant pas y passer trois heures, il lui trouve deux robes et propose à Miss Wald de les essayer. Au fond de la boutique, sur un tapis rouge, elle défile tel un top model en pleine Paris Fashion Week.

Amandine met fin à son d'examen. Le compteur dans le haut de son écran se fige sur les cinq dernières minutes données à Amandine pour terminer. L'écran se noircit puis s'éteint, d'autres étudiants et étudiantes quittent petit à petit la salle. Elle se lève et se retourne pour regarder les autres encore concentrés dans leur sujet. Elle reconnait l'une des filles avec laquelle elle avait dansé le soir de la soirée chez l'ami de Diego. Elle tente d'avoir un contact visuel avec sa nouvelle connaissance mais cette dernière n'arrive pas à décoller son regard de son sujet. Ne voulant pas la déconcentrer plus longtemps, Amandine quitte sa place en silence et remonte vers la sortie de la salle. Elle traverse le couloir et descend les escaliers face à la grande baie vitrée.

L'extérieur est sombre et grisé, des gouttes d'eau ruissèlent sur les grandes vitres et les lumières intérieures de l'EHPS brillent contre et empêchent Amandine de voir dehors. Elle descend au rez-de-chaussée, quelques étudiants quittent le bâtiment pour rentrer chez eux, il est plus de 19h passé. Elle sort sur le parvis abrité du campus, croise des groupes d'étudiants allant et venant des autres bâtiments entourant la place. Elle se met sous l'abri bus, l'affichage de l'arrêt indique qu'un prochain bus sur sa ligne arrivera d'ici dix minutes. Amandine se cache sous les arbres à l'arrière de l'arrêt de bus et à l'abri de la pluie. Téléphone à la main, elle scrute les dernières informations pour faire passer le temps.

Elle lève les yeux de temps à autre, observe le passage des quelques autres étudiants rentrant chez eux. Et soudain, elle reconnaît Jonathan, Lucas et Joshua s'approchant de l'arrêt de bus. Elle éteint son téléphone et se morfond dans l'obscurité sous les feuilles basses de l'arbre. Elle observe le groupe de garçons s'avancer près de l'arrêt, Joshua les saluent et repart de son côté, les deux restants test la solidité des panneaux publicitaire en leur donnant des coups de pieds. Elle les entend rigoler et parler de quelque chose, elle tente de s'approcher peut-être qu'ils l'ont oublié depuis la soirée chez leur ami. Elle déplace les branches aux feuilles mouillées de l'arbre sous lequel elle s'est abritée quelques minutes. Les gouttes de pluie contenues dans les feuilles tombent au sol et marquent la présence d'Amandine. Les deux garçons arrêtent de rigoler, fixent Amandine et se taisent.

Amandine, prise sur le fait en train de les espionner, fait mine de passer sous l'arbre et change de chemin pour se mettre à l'autre bout de l'arrêt de bus. Elle tourne sa tête et tombe nez-à-nez avec Diego qui s'avance à quelques mètres vers elle. Elle s'arrête dans sa lancée, se tourne pour observer les deux garçons derrière elles qui dans un silence laissent seulement entendre la fine pluie tomber sur l'abri de bus et les pas de Diego dans les flaques d'eau se rapprochant d'elle.

« Hey salut Amandine ! », lance Diego tout fier. Que lui arrive-t-il se demande Amandine ? Elle le salue sans un mot en levant doucement sa main droite avec un sourire gênant et marquant son désarroi. « Il faut que tu viennes avec moi, ne perdons pas de temps ! », ordonne Diego. Amandine surprise de recevoir un ordre provenant de la personne qui l'a trahie, refuse catégoriquement de le suivre, elle fait le tour de l'arbre pour fuir Diego. « Arrête-toi ! », ordonne encore une fois Diego. Les deux garçons près de l'arrêt de bus resserrent l'étau et s'avancent doucement vers Amandine. Elle s'arrête à la vue des deux jeunes hommes menaçant de lui bloquer le chemin. « Qu'est-ce qu'il t'arrive ? », demande énervée Amandine. Diego lui retourne la question. « Tu m'as laissé partir seul de chez Joshua l'autre nuit et j'ai été poursuivi par TON ami ! », reprend énervée Amandine. Diego dans l'embarras tente de calmer le jeu : « OK, c'était la dernière fois que je le voyais, on a surtout fait en sorte de le maintenir en dehors de la soirée. » se justifie Diego. Amandine tente de sortir de la discussion, elle ne veut plus le voir. Elle tourne sa tête à droite et voit une issue sur la place du campus, elle regarde sur sa gauche, toute stressée et mouillée par la pluie et voit les deux garçons faisant un pas d'assistance. Elle regarde Diego, les yeux des garçons se fixent comme s'ils communiquaient. « Que me voulez-vous ? », demande avec insistance Amandine. Diego lui prend l'épaule de sa main gauche et pousse Amandine à passer devant lui et à le suivre. Elle résiste et ne se laisse pas faire « Pourquoi ? Pourquoi tu fais cela ? », commence à crier Amandine. « Viens je te dis ! », lui répond Diego. « Je n'irai nulle part ! », hurle Amandine. Elle entend les pas des deux jeunes hommes claquant leur basket dans les flaques à quelques mètres derrière elle. « Pourquoi ils s'approchent ? » hurle Amandine sur Diego. « Viens putain, je vais t'expliquer ! », Diego insensible au cri d'Amandine. Il la prend par l'arrière des cheveux et la tire vers lui et la force à marcher à ses côtés la tête baissée. « Mais... Aie... hé, laisse-moi tranquille !! », s'exclame Amandine qui tente de le repousser.

Diego embarque Amandine sous son bras, sa main entrelacée dans ses cheveux, ils quittent l'arrêt de bus au moment où la navette d'Amandine arrive à quai. « Lâche moi, tu me fais mal ! », hurle Amandine en donnant un coup de poing dans les côtes de son ex-ami. Diego rechigne et serre plus fort encore. Des larmes commencent à se mélanger à la sueur et aux gouttes d'eau de pluie coulant sur le visage d'Amandine. « Pourquoi fais-tu cela ? », supplie la victime dans la main de son agresseur. Tentant d'appeler à l'aide à travers les rues que Diego fait traverser à sa victime. Personne ne vint l'aider, Diego menace de la bâillonner si elle continue d'appeler de l'aide. Il lui rappelle que dans le quartier étudiant, il n'y a personne le soir dans les salles de classe et encore moins dans les bureaux, les résidences étudiantes sont de l'autre côté du campus. Il n'y a qu'elle et lui actuellement. Amandine ne se laisse pas faire et continue de hurler. Diego s'arrête, continu de serrer fortement les cheveux de son ancienne amie, lui lève la tête et regarde dans les yeux sa victime apeuré et désemparé qu'est Amandine. Sous la lumière blanche d'un lampadaire, sa peau blanche a viré au rouge, ses yeux ont gonflé de larmes, son nez rempli de morve et sa bouche noyée sous la salive. Désemparée par la situation, elle tente de lui demander pour la centième fois de la lâcher. « Nous sommes suivis, je ne peux pas », sous l'horreur du visage d'Amandine, ne pouvant pas continuer à la voir comme ça, il lui fait rebaisser la tête et lui demande de cracher sur le trottoir et de se moucher avec ses doigts pour ne pas s'étouffer. « Je dois t'emmener, la nuit va être longue », reprend Diego emmenant Amandine en sanglots à travers une rue parallèle au campus.

Miss Wald et son petit-ami sortent sur la terrasse du restaurant cinq étoiles sur le haut de la falaise. Ebloui par le coucher de soleil traversant ses lunettes de soleil Ray-Bon, Miss Wald se fait accompagner, prise dans le bras de son compagnon, vers la table qu'il a réservée plus tôt dans la journée. Une belle table revêtue d'une toile blanche, de couvert en argent et de verre en cristal est dressée avec en son centre un vase contenant des roses des glaces d'Antarctique. Miss Wald est charmée par la vue et l'environnement dans lequel son petit-ami l'invite. Il lâche son bras et sort la chaise pour installer sa demoiselle. Miss Wald, la bouche semi-ouverte, s'assied émerveillée par le paysage donnant sur le cap de Ross et la baie de la station balnéaire. Le soleil orangé descend doucement contre la falaise rayée par les anciens glaciers de l'autre côté de la baie. Le petit-ami de Miss Wald s'installe en face d'elle et lui tend la carte du restaurant.

Au menu ce soir, le chef de l'établissement propose un faux-filet de manchot royal assorti d'une salade d'algues boréales. Le petit-ami de Miss Wald se permet d'appeler le garçon de salle et de lui commander un vin blanc millésimé. Miss Wald surprise par la prise d'initiative de son petit-ami se laisse tomber sous son charme et continue de lire les menus à la carte. Elle tourne la page et tombe sur les viandes disponibles, elle y lit les classiques tel que le bœuf, l'agneau et le canard. Sur la troisième page, elle lit les spécialités tel que la 'volaille de Bresse à la truffe blanche d'Alba en quatre services', 'l'aiguillette de homard au vin des glaciers', du 'foie de manchot Empereur cuit épais', du 'macaroni au gratin', une 'pièce d'ourson polaire, fondue de poireaux et betteraves' ou encore de 'grosses langoustines soufflées'.

Le garçon amène la bouteille de vin ; un magnifique millésime « "Blanc Glaciaire 2123 », le garçon en donne la définition : « ce nom évoque à la fois la fraîcheur et la pureté des glaciers de l'Antarctique tout en mettant en avant l'année de sa récolte. Ce vin millésimé pourrait être décrit comme étant d'une grande finesse, avec des notes délicates d'agrumes et d'herbes fraîches, reflétant l'harmonie entre la faune et la flore de l'Antarctique ». Il fait goûter le vin à monsieur et sert, dans une flûte en cristal, Miss Wald sous l'accord de son amour. Elle en profite pour passer commande et suit la proposition du chef en rendant la carte au garçon. Elle se retourne souriante, regardant et attendant qu'Ethan se décide. Il regarde attentivement le menu, dans la seconde d'après il le referme et demande la même chose que son âme-sœur en tendant le menu au garçon. Miss Wald aime la complicité que son petit-ami a pour elle. La soirée est déjà avancée et elle s'attend à en voir davantage pour ce jour-ci spécial pour un couple d'amoureux.

Les plats arrivent les uns après les autres, après une entrée de tartare de saumon 'new style', le garçon leur sert les faux-filets de manchot royal, accompagnés d'un très bon vin recommandé par un collègue du petit-ami de Miss Wald. Le garçon leur sert un exemplaire du "Rubis Antarctique 2123", le garçon en prononce sa définition : « ce nom met en avant l'intensité et la richesse de la couleur rouge du vin tout en faisant référence aux mystères et à la beauté de l'Antarctique. "Rubis" évoque les nuances profondes du vin rouge, tandis que "Antarctique" rappelle les vastes paysages gelés et présente une touche d'exotisme en associant ce vin à un lieu emblématique de la Terre. ».

Nos deux convives trinquent en cette soirée ensoleillée du 14 février 2142 sur le haut de la falaise de Ross. Miss Wald regarde l'horizon, la beauté d'un paysage glacial brisé par le réchauffement climatique. Alors qu'elle observe ce spectacle magnifique lorsque le soleil remonte à nouveau au-dessus de l'horizon. Elle se retourne suite au bruit de grincement de la chaise voisine et voit son petit-ami un genou à terre sortant une petite boite de sa poche. Miss Wald émue par la scène, se fige et observe, ses muscles des bras se relâchent font tomber ses mains sur la table et des larmes de bonheur commencent à se former dans ses yeux bleus étoilés.

Son petit-ami ouvre la petite boite contenant une magnifique bague en or blanc 36 carat ornée d'un diamant. Il dit d'une voix confiante et sincère : "Léna, depuis que nous nous sommes rencontrés, tu as été ma source d'inspiration et ma force. Tu m'as montré un amour et un respect que je n'avais jamais connus auparavant. Aujourd'hui, je voudrais te demander de m'honorer en devenant ma partenaire pour le reste de nos vies. Léna, acceptes-tu de m'épouser et de partager ce voyage ensemble ?". Miss Wald est sous le choc émotionnel, elle met ses mains contre sa bouche pour cacher la grimace de joie et son ébahissement. Son petit-ami ricane de plaisir, interprétant la réponse positive de sa fiancée.

Miss Wald sourit doucement, touchée par les mots de son fiancé. Elle se lève en prenant la main libre de sa moitié et, d'un geste, l'invite à se relever, elle lui répond : "Ethan, tu es un homme exceptionnel et je suis reconnaissante pour chaque instant que nous avons partagé. Je serais honorée de devenir ta partenaire pour le reste de nos jours. Oui, je t'accepte, avec joie." Il lui prend la main gauche, sort l'alliance de son coussin blanc et la passe dans l'annulaire de sa bien-aimée. Sous un lever de soleil polaire, l'or blanc et le diamant central de la bague brillent de mille feux. Miss Wald, émerveillée par les rayons de la bague, a le regard figé sur la beauté de l'objet et la réussite de la surprise de son fiancé. Elle le regarde dans les yeux de son regard ébahi et étoilé. Leurs lèvres se rapprochent et leurs yeux se ferment, en ce touchant, n'entendant que son pouls battre anormalement vite, elle comprend la plus profonde preuve d'amour qu'il puisse exister.

Amandine, les yeux rivés vers le sol, se laisse entrainer dans une cage d'escalier bétonné donnant sur une porte en métal d'après le bruit aigue qu'à fait la frappe de la main de Diego contre l'obstacle. La porte s'ouvre, Diego l'emmène sans un mot, Amandine tourne sa tête et voit une paire de basket et des jambes, ils passent à côté de quelqu'un. Diego resserre sa prise et replace la tête d'Amandine face au sol pour qu'elle ne puisse pas voir autour d'elle. Amandine pousse des gémissements. Elle commence à entendre des bruits, des paroles d'autres personnes. Amandine prend la main de son bourreau et tente de lui faire lâcher prise mais il tient bon. Diego pousse une porte et donne un élan à Amandine pour la jeter dans la poussière d'une petite pièce. Amandine s'écrase au sol, les yeux poussiéreux et pleins de larmes elle lance un « pourquoi ?! » à son agresseur. Il referme la porte dans un fracas et tourne la clé pour enfermer Amandine dans la pièce.

Elle tourne sa tête pour balayer cette petite pièce dans laquelle elle a été jetée. Une petite lumière orange incandescente éclaire difficilement les quatre murs de ce qui s'apparente à un local de stockage. Elle entend les sanglots d'autres personnes autour d'elle. Elle lève les yeux et voit derrière les étagères vides, d'autres filles en sanglots, larmes aux yeux et front brillant de sueur. « Où sommes-nous ? », demande

Amandine à l'ensemble de la pièce. Des filles recroquevillent leurs jambes et se mettent à pleurer. Amandine se relève et se met contre le mur le plus proche entre une fille recroquevillée sur elle-même et une autre voisine qui lui répond : « Nous sommes sous le campus, dans le bâtiment des sciences, c'est l'ancienne cave où étaient stocké les produits chimiques et expériences des chercheurs de l'université à l'époque. La cage d'escalier intérieur est condamnée, la seule issue est la porte par laquelle tu es entrée. ». « Je ne comprends pas, comment pouvons-nous nous échapper si la seule sortie est l'entrée en même temps et gardée par quelqu'un. Personne ne sait que cet endroit existe ? », questionne Amandine prenant conscience qu'elle ne sortira pas d'ici. « La porte avait été soudée il y a une bonne dizaine d'année mais on dirait qu'ils l'ont ouverte spécialement pour nous », répond la voisine d'Amandine redressant ses jambes vers elle le regard dans le vide. « Comment ça, spécialement pour nous ? », s'interroge Amandine avec beaucoup d'inquiétude. « Regarde dans la salle, il n'y a que des filles faibles et désemparées. Tu ne les as pas entendu parler ? Ni vus ? » ; « Qui ça ? » ; « Les garçons ! », s'exclame sa voisine. Amandine regarde dans le vide à son tour, écoutant sa voisine de gauche se morfondre dans son chagrin. Elle parle à voix basse, l'envie de quitter son corps un instant : « Tu as raison, nous sommes prisonnières. ».

Amandine cherche une solution pour sortir, sa voisine de droite l'arrête dans sa lancée. « J'ai frappé comme une folle la porte du local, ils m'ont insulté à plusieurs reprises et m'ont menacé. » ; « Menacé de quoi ? », questionne pressement Amandine. « Tu vois la fille couchée en boule avec les habits déchirés en face de nous ? Elle a tenté de creuser le mur de pierres avec ses ongles pour sortir, résultat elle a les doigts en sang et elle s'est énervée en insultant les garçons de l'autre côté de la porte. Agacés de l'entendre, ils ont ouvert la porte, ils l'ont prise par les cheveux, ils lui ont mis des coups de pied, ils lui ont déchiré les vêtements et l'ont emmené en dehors du local. Elle a hurlé à en mourir pendant une quinzaine de minutes, en les suppliant d'arrêter. Vingt minutes après, ils ont réouvert la porte et l'ont jeté dans son coin, dans l'état où elle est, depuis elle n'a pas bougé. » ; « C'est horrible », dit Amandine de peur de vivre la même chose. « Tu n'as pas peur toi ? » ; « J'ai pleuré pendant presque trois heures en pensant que quelqu'un là-haut m'entendrait, j'ai eu beau y croire, personne n'est venu, seulement d'autres filles ont été jeté dans le local avec moi. Je vais être honnête avec toi ; j'ai perdu espoir. »

Miss Wald hypnotisée par le charme de l'environnement et de sa soirée. Elle regarde l'horizon du lever du soleil et s'imagine un futur radieux au côté de son futur époux. Comment va se dérouler sa vie maintenant ? Quelles vont être les prochaines étapes de sa vie privée et professionnelle ? Miss Wald tente de se projeter, voyager à travers le monde et l'univers à côté de son être cher, celui qui a réussi à faire fondre son cœur jusqu'à la demande en mariage. L'unique personne avec qui elle se voit faire sa vie. Un rêve de petite fille qui peut enfin se réaliser. Sortant tout doucement de ses pensées pour penser présent et plaisir, elle propose à son futur mari d'oublier le désert et de quitter le restaurant. Il accepte, ils se lèvent de table, entrent à l'intérieur du restaurant et passent au comptoir pour finaliser leur facture à la suite du repas. Miss Wald ouvre son petit sac en peau d'ours polaire, elle commence à le fouiller pour sortir sa carte de crédit mais son fiancé dégaine avant elle. Il lui prend la main pour la stopper dans sa fouille et pose sa carte sur le terminal de paiement du restaurant. Miss Wald lève les yeux, observe le geste romantique, rougit d'affection et de honte de s'être fait inviter.

Miss Wald sous le bras de son fiancé, et sa tête collée contre sa poitrine, ils descendent du cap pour rejoindre la station balnéaire de Ross jusqu'à leur hôtel. Soufflée par le vent glacial de la soirée ensoleiller, Miss Wald, sur ses talons haut, peine à tomber et se fait rattraper par son homme. Elle ne souhaitait pas passer la soirée en sa présence blague sa moitié. Elle rigole honteusement de sa chute, elle rejette la faute sur les vins millésimés et regarde son visage de profil. Il reçoit un bisou sur la joue se faisant pardonner indirectement de son choix chevaleresque en termes d'œnologie.

La porte s'ouvre, un homme cagoulé entre dans la pièce illuminant le visage des prisonnières à l'aide d'une petite lampe à LEDs. Il s'approche de la fille frappée et jetée dans son coin avant l'arrivée d'Amandine. Elle regarde d'un œil la scène qui se produit devant elle. L'homme donne un coup de pied dans le ventre de sa victime. Comme si l'on donnait un coup dans de la gelée, la fille couchée au sol ne gémit pas, aucun couinement. Amandine perçoit un « merde » émanant de la bouche du tortionnaire. Il revient sur ses pas et claque la porte. Un silence de mort se fait ressentir dans la pièce, pas un seul sanglot. Une autre jeune fille, à côté de la martyre, se rapproche du corps, elle passe sa main contre le cou de la victime puis sursaute. Elle lance à travers la salle un petit et inaudible « elle est morte ». Les bruits se répandent dans le local et font fondre en larmes les plus jeunes et les plus sensibles. L'ambiance angoissante et morbide qui se respire dans la salle remonte jusqu'au yeux d'Amandine et de sa voisine. Les larmes reviennent, peut-être que c'est ce qui les attend avant la fin de la nuit se tourmente Amandine. Sa voisine de gauche se crispe de plus en plus et tombe à nouveau en pleurs. Amandine voulant bien faire, tente de calmer sa seconde qui lui semble plus jeune qu'elle. Elle se colle à elle et tente de lui expliquer qu'elle n'est pas seule et qu'elles vont trouver un moyen de s'en sortir. Amandine regarde sa voisine de droite et lui demande d'élaborer un plan de sortie avec toutes les filles de la pièce. Sa voisine souffle de fatigue et de désespoir. Elle s'approche des autres prisonnières et tente de comploter quelque chose. « Arrête de pleurer et écoute notre plan de sortie, une fille forte est une fille qui se bat, nous ne mourrons pas ici ce soir ! », motive à voix basse la jeune fille qui s'arrête de pleurer à l'exclamation d'Amandine. Leurs regards se croise, Amandine s'exclame : « Tu es clairement plus jeune que les autres !? Qui es-tu ? » ; « Je m'appelle Abigaelle », répond en reniflant la jeune fille. Amandine pose son front contre le front de la jeune fille l'air déterminé : « Je te promets que nous sortirons ensemble de ce cauchemar ».

Amandine se tourne face à sa camarade de cellule et lui demande ce qu'elle a à proposer pour réussir leur évasion.

Main dans la main, traversant l'allée des hôtels de la baie de Ross. Miss Wald et son compagnon marchent sur un ponton en bois à quelques centimètres au-dessus de l'herbe verte bosselée du complexe hôtelier. Le soleil tente de se dévoiler derrière les falaises de la baie et frôle le haut des hôtels blancs. Miss Wald est attirée par une lumière verte étrange se reflétant dans le blanc des bâtiments. Elle lève son regard et tire sur la manche de chemise de son fiancé pour lui faire remarquer les étranges lueurs. Ils s'y intéressent et se dirigent dans le sens de la provenance du rayon. Au-dessus de leur tête, au-dessus du pacifique, une énorme aurore boréale verte fluo éclairée par le soleil comme un cristal vert se dessine très haut dans le ciel frigorifique de cette nuit polaire. Miss Wald, dans le bras de son homme, est émerveillée par le spectacle naturel qui se produit face à elle. Loin des tempêtes de sable, des nuages bruns de pollution et des fortes chaleurs australes. Elle pose sa tête contre lui, il l'aide à remonter son petit blouson rose pour que sa belle ne prenne pas froid. Tête contre tête, ils admirent le spectacle sous le bruit des vagues s'échouant sur la plage.

Statique, les yeux rivés vers le ciel, Miss Wald commence à prendre froid et propose à son amour de rentrer à l'hôtel. Sur ses petits talons hauts, elle est accompagnée jusqu'à l'hôtel. Dans l'ascenseur, un excès de zèle la prend. Ethan ne s'attendant à rien, elle se retourne brusquement sur lui et l'embrasse langoureusement mettant ses douces mains contre ses joues. Il place ses mains dans le bas du dos de sa compagne. Elle s'arrête, un instant pour respirer, la salive de son compagnon sur ses lèvres, son regard se levant dans les yeux de son bien-aimé et ses bras enlaçant le cou de ce dernier. Leur cœur battant en chœur et leur souffle s'entrechoquant, elle lance un second round.

L'ascenseur s'ouvre au 3ème étage de l'hôtel dans le couloir de l'appartement privé de vacances de Miss Wald. Au retentissement de l'ouverture des portes, elle lâche son partenaire, descend de ses bras, lui sourit avec désir et le prend par la main pour l'emmener jusqu'à la chambre. Elle passe sa carte magnétique pour ouvrir l'appartement, tenant fermement son compagnon embué de désir. Elle jette ses chaussures sur le canapé blanc, son compagnon fait pareil. Elle lui fait signe de la suivre à travers l'appartement, il lui prend la main d'un sourire joyeux et se laisse embarquer par sa partenaire jusqu'à la chambre.

Amandine et ses compagnes de cellule entendent des pas et des voix d'hommes se diriger vers la porte du local dans lequel elles sont enfermées. Elles se tiennent prêtes à agir au moment le plus opportun. La clanche de porte s'abaisse, les voix graves se taisent et les filles se préparent à bondir. La porte s'ouvre en fracas et trois garçons cagoulés entrent dans la pièce. Ils observent les filles déterminées à leur sauter dessus, le garçon le plus à droite se penche sur Abigaelle qui est assise en boule. Tentant de le défier du regard, elle perd confiance et baisse les yeux alors que toutes les autres filles continuent de défier les trois garçons. Il pousse un souffle de bœuf et attrape sévèrement les cheveux de sa victime. « Noonn ! », crie Amandine, qui par réflexe, se jette sur le bras de l'agresseur pour lui faire lâcher les cheveux d'Abigaelle. Sa camarade de droite se lève brusquement pour appuyer Amandine et porte un poing violent dans le visage masqué de l'agresseur. Il pousse un bruit de douleur puis l'insulte « grosse salope !». Son camarade de derrière vient à sa rescousse et cogne violemment l'ange gardien d'Amandine.

Elle retombe par terre et tente d'arrêter les coups qui lui sont portés. Un second poing vient la frapper en plein visage, lui explosant le crâne contre le mur, la faisant saigner du nez. La salle entière se met en pleurs, les autres filles n'osent pas se lever et affronter les garçons qui se font rejoindre par deux autres de leurs camarades tortionnaires. Amandine se prend un revers et tombe par terre. L'agresseur masqué lâche Abigaelle et rejoint son camarade lyncher l'ange gardien. Ils lui mettent des coups de pieds entre les jambes, puis lui écrasent le bas du ventre. Amandine figée par la scène qui est en train de se produire, observe le sang couler contre le mur à l'arrière du crâne de l'ange gardien et ses yeux remplis de larmes coulantes se mélangeant à la coulée de sang tout le long de son visage. Que peut-elle faire ? Elle est pétrifiée par la scène d'horreur qui se produit à quelques centimètres. « Viens là sale putain ! », hurle l'agresseur qui attrape les cheveux de l'ange gardien et la traîne sur le sol. Elle hurle de douleur et tente de se débattre de l'emprise de son bourreau mais elle se fait traîner à travers le local, et ce, jusqu'à l'extérieur de la pièce. Elle laisse derrière elle une traînée de sang, de cheveux arrachés et une à deux dents.

Les autres garçons, cagoulés eux aussi, s'avancent dans la pièce et ordonnent à toutes les filles de mettre leur main bien en évidence devant elles, de se taire et d'obéir aux ordres qu'ils vont donner au risque de finir comme la dernière. L'un d'eux s'avance vers Amandine, il se met un genou au sol et pose des entraves autour des poignets d'Amandine, de sorte qu'elle soit liée et qu'elle ne puisse pas les utiliser. Il réitère l'opération avec chacune des filles restantes dans la salle. Une fois fait, ils leurs ordonnent de se lever, colonne par un, l'une après l'autre, elles sortent de leur cellule collective et traversent un couloir brumeux de poussière soulevée par leurs pas. En tête de colonne, un garçon ordonne à Abigaelle d'emmener le groupe dans une salle illuminée par un vieux spot, comme une ancienne lampe de cabinet dentaire ou de chambre d'opération.

Ils mettent à genou les filles alignées face à une table au milieu de la pièce placée sous le spot lumineux. Le bourreau ramène l'ange gardien et la cogne contre le bout de la table. Elle gémit de douleur, il lui tient fermement les deux mains dans son dos et la frappe de coup de hanche dans ses fesses renfermées pour exprimer son désir et sa violence.

L'ange gardien gémit et tourne son visage face aux filles impuissantes. D'une main, son bourreau lui serre les mains pendant que l'autre, du bout des doigts, commence à chercher les parties intimes de l'ange gardien à travers son shorti. Il lui claque le derrière à plusieurs reprises en s'exclamant « sale salope, ce soir tu vas prendre cher ! ». L'ange gardien tente de se débattre mais le bourreau resserre fermement sa main et appuie sur le dos de la fille. Comme châtiment, et pour calmer sa victime, il envoie rapidement ses doigts, de sa main libre, à travers le shorti de l'ange gardien, et ce, jusqu'à l'intérieur de son organe génital. Amandine et les filles sont terrorisées, l'une d'entre elle se lève et tente de s'échapper. A peine un genou debout, un garçon, posté derrière, lui brise la jambe. Dans un craquement d'os, la fille pousse un hurlement de douleur et s'écroule au sol. Son assaillant lui rappelle : « Regarde ! Tu seras la prochaine et tu seras à moi ! ».

Le bourreau de l'ange gardien, ressort ses doigts avec violence laissant apparaitre un trou à l'arrière du shorti de la jeune victime. Elle pousse des gémissements de douleur et le supplie d'arrêter. Le bourreau n'écoute pas et, d'une main, il lui baisse le restant de textile le séparant de l'intimité de sa victime. Il sort son calibre déjà excité par les faits précédents et sans hésitation, l'enfonce sans protection, sans consentement et avec violence dans la partie génitale de sa victime.

Miss Wald, habillée de sa belle robe blanche et de sa petite veste en sky rose, est debout face à son fiancé. Elle le regarde en se mordillant les lèvres sensuellement. D'un petit geste succinct, elle lui donne un coup de main contre son torse et lui fait perdre l'équilibre. Il tombe dans les draps blancs de leur lit d'hôtel et se relève sur ses coudes. Elle enlève sa petite veste, d'une lenteur sensuelle, et la jette sur une chaise derrière elle dans un coin de la pièce. Ethan fait de même, il commence à déboutonner sa chemise mais Miss Wald revient à l'attaque, elle lui monte dessus et de ses petites mains lui enlève les boutons un par un en l'embrassant. Elle s'enlace tellement fort autour de lui qu'un bouton saute. Elle s'arrête et rigole amoureusement. Bien parti, Miss Wald reprend la main, enlève la chemise de son fiancé et vient lui griffer les abdominaux de ses ongles long. Avec sa langue, elle fait le tour des formes musclées de son fiancé. Elle remonte petit à petit, excitant son partenaire qui s'empresse de déshabiller sa dulcinée. Il baisse la tirette de la robe de sa partenaire puis enlève les bretelles les faisant glisser le long des bras de son âme-sœur. Ne tenant plus, la robe glisse et descend tout le long du corps de Miss Wald faisant apparaitre, sous les rayons de soleil, ses deux seins élancés tombant sur le corps musclé de son compagnon, tétons caressant sa peau et le faisant frémir de désir.

Miss Wald le regarde dans les yeux, l'air déterminé, elle l'aide à lui défaire la ceinture et à lui enlever son pantalon. Une verge de demi-dieu apparaît déjà prête à l'acte. Miss Wald lui caresse les cheveux d'une main et lui excite le pénis de l'autre. Dans le feu de l'action, son fiancé lui enlève l'intégralité de sa robe et tente d'exciter sa compagne, doucement et avec parcimonie, en lui caressant sa douce fleur. Les pupilles de Miss Wald s'écarquillent de bonheur. Elle lui dit :"Tu sais ce qui me ferait le plus plaisir" d'une affirmation déterminée et enchanteresse. Préoccupé par le bonheur de sa future épouse, connaissant la musique des préliminaires, il prend les deux bras de Miss Wald et la retourne sur le dos. Comme un chat qui s'étire, il descend le long du corps de sa reine pour lui faire chanter le premier couplet.

Les filles hurlent de terreur face à la scène accaparante qui se produit sous leurs yeux noyés sous leurs larmes. L'ange gardien ne bouge plus depuis un moment et se laisse aller et venir sur la table. Son bourreau finit par assouvir ses désirs et jouit dans une grande exclamation qui glace le sang des autres filles. Un silence se fait ressentir pendant quelques secondes après son acte, l'on entend seulement les larmes de l'ange gardien frapper la flaque inondant la planche de table. Sans se rhabiller, il prend sa victime et la jette derrière lui contre un mur. L'ange gardien essaye de se rattraper mais s'écroule de douleur et de faiblesse. Le bourreau et ses sbires parlent à leurs sous-fifres : « Regardez ! Vous êtes les prochaines ! Vous tentez de nous baiser alors vous serez baisées ! ». Amandine tente de reconnaître les voix, serait-ce celle de Joshua ? Mais ça n'a pas de sens pour elle. Comment ont-il pu en arriver là ?

Elle sent un calibre dur se frottant à sa colonne vertébrale. Elle se crispe et de se débattre pour qu'il s'éloigne mais son bourreau décide de l'attraper par les cheveux et de la tirer en arrière. Il la tient correctement pour continuer à assouvir ses désirs sans qu'Amandine ne puisse bouger. Un homme masqué par une cagoule noir dessiné du symbole masculin entre dans la pièce et hurle : « Je vois alignées devant moi des putains de notre société ! Une société qui promeut le droit des femmes et éjecte les hommes de son système ! Mais ce soir, nous changeons la donne ! Nous donnons une leçon à cette société matriarcale dans laquelle l'homme n'a pas sa place ! Fini de se faire prendre pour des chiens ! Le pouvoir revient à l'homme et non aux chiennes que vous êtes ! Ce soir vous serez punies en représailles des actes et des décisions de notre société ! La piraterie féministe n'est jamais finie ! Gloire aux Hommes ! »

« Ahou ! », « Ahou ! », cri les hommes présents dans la pièce et faisant trembler le moral et le corps des filles restantes.

Couchée sur le dos sur son grand lit au drap blanc, Miss Wald s'agrippe à un oreiller, crispée par le plaisir que lui procure le travail de son fiancé. De l'autre main, elle tient sa tête et le caresse tendrement pendant qu'il entame sa descente le long du corps de sa belle ce jusqu'à sa fleur. Miss Wald ferme les yeux de plaisir, gémit à chaque fois qu'il lui caresse ses lèvres. Il approche sa tête, prêt à butiner la fleur et à honorer sa future épouse. Un premier coup de langue fait vibrer le corps de Miss Wald, fermant ses yeux, elle sourit. Son être entre en transe, ses doigts se contractent et se décontractent dans le coussin en rythme avec les transferts sensuels de son partenaire.

Sa fleur s'humidifie, Ethan y insère son index avec parcimonie relevant son regard, il observe avec complaisance l'état de transe dans lequel il met sa partenaire. Miss Wald laisse s'échapper de sa bouche un petit bruit savoureux qui démontre que son partenaire lui procure beaucoup de plaisir charnel. Il compte bien l'emmener au septième ciel et continu de lui faire vivre une expérience sexuelle inoubliable. Faisant quelques aller-retours avec son doigt dans la fleur de sa partenaire, il ajoute son majeur tout en caressant le clitoris de sa belle. Doucement, avec attention et tendresse, il caresse le stigmate et les pétales de sa compagne. Elle pousse un souffle de bonheur et de détente. Il lance et fait revenir ses doigts à plusieurs reprises et en profite pour mordiller, de ses pétales mouillés, les bordures externes des grandes lèvres de la vulve de sa bien-aimée. Miss Wald rigole de chatouille. Les secondes passent et le plaisir de Miss Wald submerge les draps blancs et propres de leur lit d'hôtel. Bien préparée et prête à passer au refrain, son compagnon remonte doucement sa tête en léchant chaque partie du corps de sa bien-aimée toujours en la caressant de ses deux doigts tendres. Il arrive face à elle, l'embrasse une nouvelle fois, voyant qu'elle est prête, il lui propose de changer de couplet.

Amandine subjuguée par la scène et ne voulant plus entendre les absurdités sortantes de la bouche de ces monstres, commence à se débattre violement de son tortionnaire. Un autre homme s'avance de deux pas, son bras prend de l'élan et claque sévèrement la joue de la jeune fille. La joue rouge de douleur, Amandine les supplie d'arrêter. Son tortionnaire de derrière, lui attrape les cheveux et lui tire la tête vers l'arrière quitte à lui briser les cervicales. L'agresseur de devant commence à lui toucher avec tendresse le visage. La lumière dans les yeux, Amandine n'arrive pas à reconnaitre son agresseur mais ressent la chaleur et la rugosité de sa main baladeuse. Elle entend un bruit de ceinture puis de tirette. Son tortionnaire la tient fermement la tête en arrière, Amandine a du mal à ramener ses lèvres les unes contre les autres. C'est à ce moment qu'elle sent quelque chose de flasque s'écraser contre sa joue et se rapprocher dangereusement de sa cavité buccale. Elle tente de fermer sa bouche mais l'agresseur lui attrape le menton et lui force à la maintenir ouverte. Sans un bruit et sous le regard écœuré des victimes, les yeux d'Amandine s'écarquillent en grand au contact du ver dur contre le fond de sa gorge. Eblouie par la lumière incandescente au-dessus de la tête de son agresseur, elle arrive à deviner la couleur des yeux de l'homme qui la pénètre. Terrorisée par sa découverte, elle fond en larme, refermant ses lèvres par spasme nerveux sur l'engin menaçant appartenant à Diego.

Miss Wald reprend les commandes. D'une de ses jambes fines, lisse et épilée, elle caresse la jambe poilue de son compagnon. Elle frotte son partenaire avec sa jambe puis l'enjambe jusqu'à son bassin. D'une main elle lui claque une fesse, de l'autre elle se serre contre lui et le retourne comme un bateau. Lui se retrouvant sur le dos, elle se retrouve à quatre pattes, sur son partenaire, ses cheveux blonds tombant sur le visage de son homme. Il lui prend les cheveux et avec tendresse les place derrière ses oreilles pour admirer le visage expressif aux joues rouges et le sourire inoubliable de cette nuit ensoleillée de sa fiancée. Elle lui baise les mains puis les prend et les place contre un oreiller au-dessus de la tête de son partenaire et colle et frotte ses seins gonflés et pointant contre le visage aux anges de son homme. Délicatement, d'un doigt elle vient frotter, de haut en bas, le corps de son partenaire, passant de ses joues à son torse et s'arrêtant au niveau de sa branche des péchés. L'autre main lâche petit à petit les mains enlacées de son compagnon. Sa deuxième main prend le même chemin que la précédente, de haut en bas, en caressant son partenaire. D'une main elle attrape doucement le fruit défendu mur et humide de son fiancé, de l'autre elle le fait frémir et griffe lentement son torse musclé laissant des marques rouges sur son passage. Miss Wald se relève, ses deux genoux autour du corps de son homme, dos droit, regardant droit dans les yeux son objet, elle place le jouet de ce dernier dans sa fleur. Frottant doucement ses pétales humides avec le bout de la flèche, elle dirige la pointe vers ses organes prêts à recevoir. Elle lâche le membre une fois en place et met ses mains sur le torse de son fiancé prête à le griffer d'amour charnel. Il place doucement ses mains sur son bas du dos. Yeux dans les yeux, Miss Wald déhanche son bassin. Prenant du plaisir, elle expire et inspire en refermant ses ongles sur la peau de son homme comme un animal agrippant sa proie. Relevée, seins gonflés et pointant droit devant elle, ses fesses claquantes chroniquement contre les cuisses de son partenaire, Miss Wald accélère le rythme de la musique.

Dans son chagrin, Amandine mord le sexe de Diego avec ses dents et tente de se défaire de son tortionnaire lui tirant les cheveux pendant l'acte insoutenable de son agresseur. Son crâne chauffe et des cheveux s'en déchirent. Diego hurle et l'insulte. Il tente de lui faire lâcher prise mais le tortionnaire derrière lui donne une grande gifle à Amandine et lui fait perdre prise. Le calibre ressort rouge de sang, prépuce en moins. Amandine furieuse crache le morceau au pied de Diego. Les autres filles commencent à piailler autour de la scène. L'homme à la cagoule dessiné d'un symbole masculin ordonne le début de la fête à ses sbires. Chaque homme présent dans la salle saute sans hésiter sur la fille la plus proche d'eux. Elles commencent à hurler dans tous les sens, se débattre de leurs agresseurs, donnant des coups de pied dans la figure des hommes et recevant des coups en retour. Les plus jeunes, au moral perdu, ne se débattent même plus, d'autres se figent et se laissent faire par leur violeur.

Miss Wald, couchée sur son fiancé, monte et descend le long de son corps humide. Leur corps chaud ne faisant qu'un, leur fluide se mélangeant, elle réussit à lui faire chanter le refrain. Il se raidit, d'un souffle, jouit de plaisir, ses grandes mains viennent se perdre dans les cheveux dorés de Miss Wald. Elle ressent le jouet massant de son partenaire lâchant son pollen au fond de sa fleur. Elle l'embrasse de plaisir, ses cheveux blonds ébouriffés coulant le long de son bras. Positionnant ses mains sur ces fesses, Ethan la remonte, sein au-dessus de son visage, elle s'exclame surprise et s'empare de la tête de son fiancé l'étouffant contre sa poitrine nue. Trop haute pour continuer l'acte, il sort son outil de la cavité de sa partenaire. Miss Wald, d'un regard attendri et fatigué, le regarde droit dans les yeux, approchant l'une de ses mains de sa fleur. Restant dans le rythme de la musique, elle tente de se donnant du plaisir avec ses doigts, seule et ayant un peu de mal, elle souffle contre le visage de son fiancé pour exprimer sa difficulté et son manque. Ethan connaît sa bien-aimée et ses désirs, sans un mot il comprend que la chanson n'est pas terminée. Il descend sa main pour s'occuper de sa compagne. L'orchestre prêt pour le grand final, elle lui reprend son instrument et le place doucement dans son être. Comme à son habitude, cheveux ébouriffés, transpirée par la chaleur que lui procure cette activité charnelle, elle se relève, ses seins pointant au-dessus de son partenaire, elle s'assied sur ses hanches, prête à jouer et à chanter le dernier couplet.

Amandine est jetée au sol par son tortionnaire. Elle tente de se relever et de s'échapper de la salle mais Diego, assoiffé de vengeance se relève, l'insulte et se jette sur sa victime lui comprimant les côtes à l'aide de son bras gauche. Elle tente de s'extirper de son assaillant en rampant sur le sol mouillé de larmes et de sang. Diego revient à la charge, soulève la jupe d'Amandine, lui tire la culotte pour avoir accès aux parties intimes de sa victime. Elle tente de ralentir la descente de son sous-vêtement en serrant les cuisses mais le tortionnaire met son pied sur la rotule droite d'Amandine et appuie de toute ses forces jusqu'à la casse. Au bruit d'os brisé, Amandine pousse un hurlement de douleur et n'arrive plus à se déplacer. Elle se retourne pour tenter de mettre ses poings dans la figure de Diego. Anticipant son geste, il comprime avec force les côtes d'Amandine jusqu'à en briser. L'adrénaline dans le sang d'Amandine ne suffit plus. Elle hurle à la mort de douleur et de désespoir, ne pouvant plus bouger un seul doigt. Placé de côté, elle sent les doigts chaud de Diego rentrer in extrémiste dans son vagin. Dans la position où elle est, elle n'arrive plus à bouger. Elle ressent les aller et retour des doigts de son tortionnaire, elle ressent ses crachats au plus profond de son être, sans pitié, elle se sent salie.

Miss Wald, illuminée par un magnifique rayon de soleil jaune faisant luire ses cheveux d'or, chevauche son fiancé à la recherche du plaisir charnel. Son corps luisant de liquide du désir, elle le fixe droit dans les yeux, appuyant ses douces mains contre ses pectoraux d'homme musclé. Ses paupières vibrent et levant la tête vers le ciel, se mordillant les lèvres, elle se laisse emporter au 7ème ciel, ses pétales vibrent, son corps et son âme sont comblés. Dominant l'acte, elle s'abandonne au plaisir charnel.

Les hurlements de douleur et de terrorisation de toutes les filles se font entendre à travers la salle. Amandine couchée au sol, paralysé par ce qui lui arrive, sentant le membre reproducteur de son tortionnaire l'enfoncer avec brutalité et sans pitié. Elle observe, devant elle, Abigaelle se faire toucher puis lever et emmener par deux garçons hors de la salle. Que lui arrivera-t-elle ? Aucune des filles n'aurait dû se trouver ici. Pourquoi aujourd'hui ? Pourquoi elles ? Amandine, au moral détruit, s'abandonne à son tyran. Fatiguée et démoralisée par la scène macabre qui se produit, elle ferme les yeux et quitte l'horreur. Au fond d'elle, il y a une âme morte.

« La plus grande partie de l'ignorance peut être vaincue. Nous ne savons pas, parce que nous ne voulons pas savoir. »,

Le meilleur des mondes (1932) de Aldous Huxley

Dépôt légal - novembre 2023

9 798862 643084

Printed in Poland
by Amazon Fulfillment
Poland Sp. z o.o., Wrocław

35907393R00118